직업 연주자로 성장한 자폐 쌍둥이 형제 임선균&제균

어린 임선균&제균

가족사진

<아부다비페스티벌>에서 소프라노 조수미 님과 함께

한국장학재단 주관_독일 연주

<오티즘엑스포> 연주

<장애인인식개선강사> 활동

<리틀빅히어로> 출연

<리틀빅히어로> 시상식에서 배우 류수영 님과 함께

누구 시리즈 26

직업 연주자로 성장한 자폐 쌍둥이 형제 임선균&제균 – **누구 시리즈 26**
임선균&제균 지음

초판1쇄 발행 2023년 11월 1일

지은이 임선균&제균
펴낸이 방귀희
펴낸곳 도서출판 솟대
등 록 1991년 4월 29일
주 소 서울시 금천구 서부샛길 606, 대성지식산업센터 b동 2506-2호
전 화 02)861-8848
팩 스 02)861-8849
홈주소 www.emiji.net
이메일 klah1990@daum.net

값 12,000원

ISBN 978-89-85863-96-4 03810

주최 사)한국장애예술인협회

후원 문화체육관광부 

직업 연주자로 성장한 자폐 쌍둥이 형제 임선균&제균

임선균&제균 지음

플루티스트와 트럼페터 우리 아들들!
엄마, 아빠한테 와 줘서 진짜 고마워

도서출판 숫대

기적일까? 아니다 도전의 결과이다

"아니 어떡하다 아이 둘이…"

엄마는 이 말을 가장 많이 듣고 살았다. 장애아 하나도 정신적, 육체적으로 감당하기 힘든 고통을 갖고 살아야 하는데 아이 둘을 한꺼번에 돌봐야 하기 때문에 두 배 이상의 노력과 두 배 이상의 편견을 받았으리라는 것은 충분히 짐작할 수 있다. 그런데 엄마가 우리 사회 속에서 겪은 차별은 더하기 두 배가 아닌 곱하기 4배라고 한다.

정말 강심장이 아니면 버티기 힘든 시선 때문에 더 크게 웃고, 더 크게 말하고, 더 크게 행동했다. 남들 눈에는 엄마도 이상해 보였을지 모른다.

섬세하고 세밀한 플루트처럼 말수가 적고 듬직한 성격의 선균이와 밝고 웅장한 트럼펫 소리를 닮아 활달한 성격의 제균이는 전문 연주자로 성장하였다. 컴퓨터 관련 자격증이 둘이 합하여 35개일 정도로 열심히 자기 개발을 하였다.

쌍둥이 형제는 많이 성장했다. 전공에 대한 욕심도 있고, 경제 개념도 생겼으며 스스로 다니고 사람들과도 소통할 줄 안다. 엄마는 열심히 사는 법을 가르쳐 주었지만 엄마가 할 수 있는 일은 여기까지이다. 쌍둥이 형제가 자립하고 전공을 살려 살아가려면 예술 활동을 하는 장애인을 위한 사회적 제도가 마련되어야 한다.

아직도 아이들은 새로운 경험에 대한 불안감이 있다. 장애 특성상 생긴 것이기도 하지만 사람들은 쌍둥이가 할 때까지 기다려 주지 않고 못할 것이라 단정짓고 배제시키기 때문이다. 가족들조차도 지켜봐 주지 않았던 시절이 있었지만 쌍둥이들은 오랜 시간 속에서 스스로 성장했다.

걸어가는 아들들 뒷모습을 물끄러미 바라본다. 굳이 저곳을 향해 가자고도 안 하고, 가다가 대화도 나누고, 다시 자신이 원하는 방향으로 향해도 '넌 참 이상하다!' 하지 않는 둘 사이, 엄마 아빠에게 돌아오는 속도는 달라도 도착했으니 되었다.

'너는 왜 그러냐!' 서로 탓하지 않으니 되었다. 아이 둘 다 자폐성장애인이라고 뭐라 하지만 엄마는 형제이자 친구인 둘이여서 다행이다. 나의 사랑하는 규니(쌍둥이 애칭)!

"엄마! 할머니들이 연주 동영상 보내 달라고 하세요."

이제 할머니들도 쌍둥이 연주를 제법 즐기신다. 20여 년 전에는 생각할 수도 없던 일들이 벌어지고 있다. 기적일까? 아니다 도전의 결과이다.

2023년 무더위 어느 날

규니맘 안영희

차례

어렵게 태어난 쌍둥이

...

결혼을 하고 임신을 하는 것은 당연한 일이지만 축복이 쏟아지는 것은 새 생명이 탄생하기 때문이다. 그래서 산모는 태어날 아기를 위해 정신적, 육체적으로 안정을 취하며 아기의 건강을 위해 최선을 다한다.

스물다섯 살의 엄마는 정기 검진을 꾸준히 받으며 임산부의 의무를 다하고 있었다. 임신 5개월에 단백질 검사를 받았는데 검사 결과 단백질 수치가 지나치게 높은 것으로 나왔다. 단백질 수치가 높으면 아기가 어떻게 되느냐고 예비 엄마는 물었다.

"아기가 기형일 확률이 높습니다."

그 당시 예비 엄마는 아기에게 문제가 생겼다는 말에 가슴이 철렁 내려앉았다. 의사는 양수검사를 해 보자고 했다. 이미 출산 경험이 있는 올케가 양수검사는 아기집에 바늘이 들어가는 것이어서 위험하니 다른 병원에 가 보자고 했다. 그래서 올케의 조언대로 친정엄마가 잘 아는 병원에 가서 초음파 검사부터 시작했다.

"축하합니다. 쌍둥이네요."

그동안 다니던 산부인과에서는 쌍둥이인 것을 몰랐던 것이다. 아기가 둘이나 있으니 당연히 단백질 수치가 높을 수밖에 없었던 것이다. 예비 엄마는 아기가 기형에서 해방된 것이 너무나 기뻐서 소리라도 지르고 싶었다. 며칠 동안 지옥에 갇혀 있다가 풀려난 느낌이었다. 너무나 기분 좋아하는 딸과는 달리 친정엄마는 걱정을 하셨다.

"하나도 키우기 힘든데 어떻게 쌍둥이를 키우냐."

"걱정하지마. 애들은 스스로 크는 거라며."

그런데 정말 걱정할 일이 생겼다.

임신중독증이 와서 산모도 아기도 위험하다고 했다. 그래서 1996년 열 달을 채우지 못하고 8개월 만에 쌍둥이는 세상 밖으로 나왔다.

쌍둥이 몸무게는 각각 2kg으로 아주 양호한 편이었다. 아기가 2.5kg이 될 때까지 인큐베이터에 있으면 된다고 했다.

문제는 산모였다. 숨이 쉬어지질 않았다. 숨을 가쁘게 쉬는 것을 보고 아기 낳느라고 힘들어서 그렇다며 안정을 취하면 괜찮아진다고 간호사가 말해 주었다. 하지만 시간이 지날수록 숨이 더 막혀 왔다. 그제서야 간호사들이 바쁘게 움직이기 시작했다. 결국 산모는 호흡기내과가 있는 다른 병원으로 이송되었다. 산부인과 병원에 입원을 해서 아기는 소아과로 가고, 엄마는 다른 병원으로 가는 비상사태가 벌어졌다.

"조금만 늦었어도 산모를 잃을 뻔했어요."

임신중독증으로 심장이 비대해졌는데 보통 출산 후 원래 상태로 돌아가지만 쌍둥이 엄마의 심장이 펌프질을 하지 않아서 심장이 멈추는 위험천만한 상황이었던 것이다. 남편은 아내를 간호하느라고 아기 얼굴도 제대로 못 봤다. 그때 쌍둥이도 살기 위해 사투를 벌이고 있었지만 엄마, 아빠가 아기 곁을 지키지 못하였다. 특히 둘째 아기가 상태가 안 좋아서 몇 번의 죽을 고비를 넘겨야 했다. 엄마와 아기들이 생사를 넘나들고 있었던 것이다.

둘째 아이 퇴원할 때 소아과 의사가 야단치듯이 말했다.

"어떻게 부모가 애를 안 보러 와요. 아기가 아픈데…."

"선생님! 저도 죽을 뻔했어요."

힘든 과정을 겪어 내는 아기가 불쌍해서 부모에게 서운한 마음이 있었다는 말에서 의사 선생님의 따스한 마음이 느껴졌고 그분 덕분에 지금의 제균이가 우리와 함께할 수 있었구나 생각하면 너무 감사하다.

첫째 선균이는 20일 만에 퇴원을 할 정도로 상태가 좋았고, 둘째 제균이는 35일 만에 집에 올 수 있었다. 제균이가 집에 오면서 임신 5개월부터 시작된 모든 고통이 해결되었다. 미숙아로 태어난 쌍둥이 형제에게 가장 필요한 것은 몸무게를 늘려 가는 일이라서 잘 먹여야 했다. 아이 둘을 먹이다 보면 하루가 금방 갔다. 몸은 힘들었지만 눈에 보이게 커 가는 아이들을 보면서 즐거웠다.

의사 선생님이 다시는 아기를 갖지 말라고 당부를 하셨지만 엄마는 딸을 갖고 싶었기에 벌써부터 다음 아기를 기대하고 있었다.

그때는 지금처럼 컴퓨터나 핸드폰만 있으면 모든 정보를 손쉽게 얻을 수 있는 때가 아니어서 육아 백과를 옆에 놓고 한 줄 한 줄 읽어 가면서 애를 키웠다. 8개월 만에 태어났기 때문에 아기들 발육이 늦을까 봐 내심 걱정이 되어 육아 백과에 1개월 때는 무슨 행동을 하고 2개월 때는 무슨 행동을 하고… 책에 쓰여진 대로 아기들이 성장하는지 확인해 보는 것이 엄마의 과제였다. 조금 늦기는 해도 그대로 진행이 되고 있어서 걱정이 조금씩 옅어지고 있었다.

우리 아기가 이상해요

...

그런데 돌 지나면서 엄마는 아기들이 좀 다르다는 생각이 들었다.

"이름을 불러도 쳐다도 안 보고, TV만 보는 거예요. 그것도 아주 몰두해서… 사람이 안아 주면 좋아하는 게 아니라 막 뒤로 버팅기는 거예요. 너무너무 싫다는 듯이… 왜 이러지. 이상하다는 생각이 들면서 애들이 낯을 심하게 가리나 보다 싶었어요. 근데 점점 이상하다는 느낌이 더 강해지는 거예요. 표현은 못하겠는데 뭔가 일반적이지는 않은 느낌!"

옆집 애가 마침 아이들과 같은 또래여서 옆집 아기를 관찰했다. 그 아기가 촛불을 끄는 것을 보고 바로 쌍둥이들에게 촛불을 끄는 걸 시켜 봤는데 촛불을 못 끄는 것이었다. '우리 아기들은 왜 못 끄지?'라는 의심이 시작되었다.

쌍둥이는 자꾸 높은 데만 올라갔다. 위험해서 내려놓으면 또 올라가고, '안 돼!'라는 지시어에 전혀 반응을 보이지 않았다. 아기들이 계속 높은 데로 올라갔다.

"그때 주택에 살았는데 어느 날 주택 옥상까지 올라가서 딱 앉아 있는 거예요. 너무나 무서워서 말이 나오질 않았어요. 떨어질 것 같더라구요. 저두 단숨에 옥상으로 올라가서 하나 내려놓고 오면 또 하나가 올라가 있고… 정말 돌아 버릴 것 같았어요."

주위에서 남자아이여서 겁이 없어 그런다고 말해 주면 그 말을 믿었다. 아니 믿고 싶었다. 어른들은 말이 늦되는 아이들이 있다고 언어 발달의 문제에 대해 그럴듯한 이유를 대 주었지만 엄마는 그것은 늦되는 것과 다른 차원이라는 것을 직감했다.

말을 가르쳐 주면 하긴 하는데 얼마 안 되어 마치 그 말을 했던 적이 없던 것처럼 그 말은 전혀 하지 않고, 의미가 전혀 없는 이상한 말을 했다. 쌍둥이끼리 통하는 다른 언어가 있는 듯했다. 마치 엄마와는 소통하고 싶지 않은 아이들 같았다. 오히려 엄마가 아이들에게 소외당하는 느낌이었다.

그때 마침 TV에서 자폐 아이에 대한 방송이 나왔다. 초등학생 정도인데 그 아이가 높은 데를 올라다니고 광고에 집중하고 사람하고는 소통을 안 한다는 내용이었다. 쌍둥이와 똑같은 상황이었다.

그뿐만이 아니고 혼자서 중얼거리고 엄마와 손도 잡지 않으려 하고 손가락을 빙빙 돌리는 반복 행동을 계속하고….

엄마는 그 방송을 보자마자 소아정신과에 예약을 했다. 그때가 쌍둥이 18개월 때였다. 남편 휴가 기간이어서 병원에 가자고 하니까 남편은 아무렇지도 않은 애를 왜 병원에 데리고 가느냐며 아내가 극성을 부린다고 반대했다. 남편은 휴가를 가고 싶었던 것이다.

"좀 기다려 보자."

남편은 사정을 했지만 엄마는 고집을 꺾지 않았다.

엄마는 의사에게 가서 확인하고 싶었다. 쌍둥이를 데리고 소아정신과 의사의 진단을 받기 위해 진료실 문을 열고 들어갔다.

"선균이 제균이 여기 의자에 앉자!"

쌍둥이가 의사의 지시어에 따라 의자에 앉는 것이었다. 그리고 지시어로 이어지는 모든 검사를 잘 따라하였다. 엄마는 자기 눈을 의심할 정도였다. 엄마는 병원 검사가 힘들 것이라고 생각하고 있었다. 딱 하나 못하는 것은 의사 선생님이 컵을 들고 '이게 뭐야?'라고 물으면 '컵'이라고 대답을 하지 못했다. 쌍둥이가 자기들끼리 의미 없는 말로 종알거리는 것을 본 의사 선생님이 내린 진단은 '언어 발달이 더딘 아이로 어느 날 말문이 트이면 잘할 수 있다.'였다.

"어머니, 마음의 여유를 갖고 기다리세요."

남편과 똑같은 말을 하는 의사에게 쌍둥이 엄마는 머리를 숙이며 말했다.

"감사합니다."

문제가 없다는 진단이 너무나 다행스러웠다. 하지만 진료실을 나오며 엄마는 속으로 생각했다.

-저 선생님 잘 모르는 것 같은데… 선생님이 틀렸어.-

엄마는 다른 병원을 또 예약했고, 쌍둥이를 데리고 병원에 갔다. 그런데 그 선생님도 똑같은 진단을 하였다. 그 후 남편은 의기양양해서 말했다.

"아니라고 하잖아!"

엄마는 남편에게 쌍둥이에 대해 아무 말도 할 수 없게 되었다. 예전에는 퇴근하고 돌아온 남편에게 낮에 있었던 얘기를 하며 '이상하지 않어?'라고 남편의 의사를 물으며 남편과 소통을 했었지만 이제는 모든 상황을 엄마 혼자서 해결해야 했다.

엄마와 쌍둥이의 육아 전쟁

...

아이들한테 좋지 않다는 걸 싹 치워 버렸다. 예전에는 비디오를 틀어 줬었다. 쌍둥이들이 너무 좋아하는 비디오가 있었다. 아기 펭귄이 나와서 사람들이 알아들을 수 없는 펭귄의 언어로 말을 했다. 쌍둥이의 의미 없는 종알거림이 그 비디오 탓인 것 같아서 없애 버렸다. 그것을 틀어 주면 위험한 행동을 하지 않았기에 엄마가 너무 힘들 때 비디오를 틀어 주곤 했었는데 그것이 후회가 되었다.

쌍둥이는 유아들이 보는 애니메이션에는 눈길조차 주지 않으면서 CF광고 소리가 나면 뛰어와서 광고를 보았다. 언젠가 자폐아가 광고에 집착한다는 방송이 생각나서 TV를 보는 것도 안 좋을 것 같아서 엄마는 아이들을 데리고 밖으로 나갔다.

아무리 옆에서 괜찮다고 해도 엄마는 불안했다. 그래서 엄마의 방식으로 치료를 하고 있었다. 그때는 쌍둥이 유모차가 국내에 없어 외국에 주문을 해서 구입을 하던 시절이라서 가격이 너무 비싸기도 했지만 신체 발육은 일반적으로 진행이 되어서 굳이 구입을 할 필요가 없다고 생각했다. 그래서 유모차에 아이 둘을 태우고 아이들 먹을 것을 준비해서 등에 메고 출근을 하듯이 집을 나섰다. 하루 종일 밖에서 지냈다. 자연을 접하고 많은 사람들을 보는 것이 쌍둥이에게 도움이 될 것 같았다.

'이건 꽃이야', '이건 돌이야', '저기 할머니가 가네', '아기도 있네' 엄마는 이렇게 쌍둥이에게 말을 걸며 세상을 가르쳤다. 뭐라도 가르쳐야지 그냥 기다리고 있을 수만은 없었기 때문이다. 엄마는 김밥을 사서 아이들과 먹으며 밤 10시가 되어야 집에 들어올 정도로 마음을 잡지 못했다. 집에 와서 씻기면 쌍둥이가 바로 잠이 들었다. 남편은 아이들이 잠들면 그때쯤 들어와서 잠을 잤다. 엄마는 남편에게 '문 밖에서 애들 자기 기다렸다가 들어오나 봐.'라고 핀잔을 주었다.

엄마가 가장 심각하게 생각한 것은 '주세요'를 안 하는 것이었다. 다른 아이들은 끊임없이 뭔가를 달라고 하며 욕구를 채우는데 쌍둥이는 단 한 번도 뭘 달라고 하지 않았다. 적어도 '물 주세요', '밥 주세요' 해야 살 수 있을 것 같아서 '주세요'를 가르쳤지만 절대로 하지 않았다.

엄마는 배고픈지 안 고픈지도 모르는 것이 아닌가 싶어서 불안했다. 사람들은 엄마가 배고프기 전에 바로바로 주니까 요구할 필요가 없어서 안 하는 거라고 하며 달라고 할 때까지 주지 말라고 조언해 주었다.

그래서 엄마는 쌍둥이가 '밥 주세요'를 하기 전까지 절대로 밥을 주지 않기로 굳게 결심을 하고 실행을 했다. 엄마는 쌍둥이에게 먹을 것을 주지 않았다. 그런데 쌍둥이는 이틀이 지났는데도 밥 달라는 말을 하지 않았다. 심지어 기운 없어 하는 기색도 없었다. 하루가 지나도 이틀이 지나도 똑같았다. 그냥 덤덤히 노는 아이들을 보면서 엄마는 겁이 덜컥 났다. 가르친다고 하다가 아이들 잡을 것 같아서 엄마가 두 손을 들었다.

엄마는 사실 아이들이 엄마한테 매달린다든지, 냉장고 문을 연다든지, 그것도 아니면 보통 때와 다른 행동을 할 것이라고 예상했다. 그래도 엄마가 못 알아들은 척하면 '밥 주세요'라고 하리라고 믿었건만 쌍둥이는 삶에 전혀 불편함이 없어 보였다.

그때 엄마는 비장애 아기들처럼 가르치면 안 되겠다는 생각이 들었다. 그때부터는 엄마가 주면서 '주세요'를 가르쳤다.

"이게 '주세요'다. 주세요!"

그런데 시간이 지나니까 자연히 '주세요'를 하는 것이었다. 제균이가 네 살, 선균이는 그 후 조금 지나서… 못하는 것이 아니라 쌍둥이의 성장은 조금씩 늦게 진행되었다.

위험에 대처하는 방법

...

세 살이 되어 아이들이 걷게 되자 집 근처에 있는 보라매공원으로 가기 시작했다. 동네 놀이터는 너무 오래 다녀서 아이들이 흥미로워하지 않았기에 조금 더 넓은 곳으로 갔다. 보라매공원에 연못이 있는데, 물이 시커매서 음산했다. 연못 안내판에 '수심이 2m가 되는 곳도 있으니 들어가지 마세요!'라는 경고문이 붙어 있었다.

어느 날 보라매공원에서 노는데 제균이가 쉬가 마렵다고 했다. 화장실에 데려가기도 그렇고 해서 나무 있는 데서 쉬를 시켜 보려고 적당한 곳을 둘러보았다.

"선균이가 아장아장 걸어가는 거예요. 근데 선균이가 그렇게 걸음이 빠른 애가 아니었거든요. 그래서 제균이 쉬를 시키고 뛰어가서 데려오면 되겠다 싶어서 제균이 쉬를 마치고 딱 돌아봤는데 아이가 연못 울타리를 탁 넘는 게 보이는 거예요. 울타리가 안 높았거든요. 연못 근처에 있는 분한테 '걔 좀 잡아 주세요.'라고 외쳤는데 그분이 멀뚱히 쳐다만 보는 거예요. 무슨 뜻인지 모르셨나 봐요. 제균이

MINI MISSY & MINI MOUTH
Quality Goods

놔두고 막 뛰어갔는데 이미 애가 물속으로 들어가서 보이지 않았어요."

선균에게는 연못이 그저 물이었던 것이다. 쌍둥이 모두 물을 좋아해서 큰 튜브에 물을 가득 채우고 그 안에 넣어 주면 3시간 정도 재미있게 놀았다. 선균이는 그 생각만 하고 두려움 없이 물속으로 뛰어들어 갔을 것이다.

"순간 너무 많은 생각이 드는 거예요. 내가 수영을 못하는데 어떡하지. 수영을 못하니까 애를 구할 수 있다는 자신도 없었어요. 밖에 있는 쟤는 또 어떡하지. 쟤도 집을 모르는데 아무것도 모르는데… 얘는 어떡하지 쟤는 어떡하지 그러다 어찌 됐든 제균이는 살아 있는 거고 선균이는 꺼내지 못하면 죽어. 그래 그냥 같이 가는 게 낫겠다. 선균이를 혼자 보낼 수는 없지."

엄마는 물속으로 들어갔다. 주위에 남자들이 정말 많이 있었는데 아무도 이 모자를 구해 줄 생각 없이 그저 보고만 있었다. 뉴스에서 자기 목숨을 걸고 위기에 처한 사람들을 구해 주는 의인들이 하는 말은 '누구나 할 수 있어요.'라고 하였지만 자신을 희생하면서 사람을 구한다는 것은 정말 어려운 일이란 것을 알았다.

"물속에 들어갔는데 돌이 딱 밟히는 거예요. 쑥 빠져들어가진 않더라구요. 그래서 돌을 밟고 서서 주위를 살폈어요. 애가 어디 있는지 찾아야 그쪽으로 갈 테니까요. 그때 순간 작은 형광 빛이 눈에 들어오는 거예요. 선균이가 신은. 신발 바닥이 형광색이었거든요. 제가 그것을 딱 잡았는데 발목이더라고요. 그래서 확 들어올렸어요.

그리고 소리쳤어요. '애 좀 받아 주세요!' 한 남자가 아이를 받아서 연못 밖으로 데리고 나갔죠."

온몸이 젖은 채 쌍둥이를 데리고 병원에 갔다. 아이가 물에 빠졌었다고 하니까 의사가 가슴 엑스레이부터 찍어 보자고 했다.

"아무렇지도 않네요."

의사 말에 의하면 물에 빠지면 놀라서 숨을 확 들여마시는 순간 폐에 물이 들어가는데 아이가 전혀 놀라지 않아서 일상적인 숨쉬기를 했던 것이다.

"아이는 물놀이를 한 거니까 아무 이상이 없는 거예요. 어머니만 진정하면 될 것 같네요."

집으로 오면서도 계속 눈물이 나왔다. 선균이에게 아무 이상이 없다고 하는데도 눈물이 멈추지 않았다. 엄마는 처음으로 죽음에 대해 생각해 봤다. 선균이가 죽음에 처하자 엄마는 망설임 없이 아들과 함께 가야겠다는 결심을 하게 된다는 것을 알게 되었다.

'내 목숨과도 바꿀 수 있는 아이구나!'라는 생각을 처음으로 했다. 그 후 엄마는 보라매공원에 한동안 가지 않았다.

그때쯤 제균이가 엄마를 몹시 힘들게 했다. 제균이는 울면서 떼를 쓰는 행동을 많이 했다. 본인이 원하는 것이 안 되면 떼를 쓰는데 아이가 뭘 원하는지 알 수가 없었기 때문에 떼가 점점 늘어 갔다. 제균이는 그곳이 어디이건 발랑 드러누워 발을 동동 구르고, 머리를 찧고, 손으로 바닥을 계속 치다가 찢겨서 피가 철철 흘렀다. 피가 나면 아플 텐데도 아픔을 모르는지 계속 같은 행동을 했다.

"길을 가다가 도로에 대자로 눕는 거예요. 자동차가 오는데 위험해서 달려가서 끌고 오면 기사 아저씨들이 저한테 욕을 하는 거예요."

엄마는 매번 가서 드러눕는 행동을 고치려면 그때마다 데리고 와서는 안 된다는 생각이 들었다. 제균이가 떼를 쓰는 것은 소통이 안 되어 생긴 분노였다. 원하는 것이 있으면 표현을 하려고 노력하지 않고 무조건 가장 위험한 방식으로 시위를 하는 것이었는데 바로 잡아 주지 않으면 아이가 난폭해질 것 같았다.

엄마는 마음을 굳게 먹고 그런 상황에서 숨어 버렸다. 어른이 없는 상황에서 애가 대자로 누워 있으니까 아저씨가 '이 새끼야. 너 죽을라고 환장했어!'라고 아이에게 욕을 했다. 그러자 애가 벌떡 일어났다. 그때 엄마는 무조건 해결해 주는 건 아니라는 것을 알았다. 다른 사람에게 좀 당해 봐야 정신을 차리는구나, 우리 아이들도 세상을 알아야 세상 속에서 살아갈 수 있다는 생각이 들었다.

"나 유치원 때 엄마가 여기 가슴을 때렸어요."

"야, 너는 내가 친 것만 생각하지 말고 네가 왜 맞았을까도 생각 좀 해 봐?"

"제가요? 왜요?"

"네가 도로에서 대자로 드러누웠던 애야 항상. 맞을만 했겠지!"

제균이는 가끔씩 그렇게 과거에 자기가 이랬었다는 이야기를 하는데 선균이는 지금도 옛날얘기를 안 한다. 제균이는 가끔 옛날얘기를 하며 '네가 그때는 그랬어.'라고 말해 주면 자기가 너무했다는 생각이 드는지 '그랬군요.'라고 머쓱해한다.

쌍둥이를 키우면서 엄마 가슴을 철렁 내려앉게 한 것은 두 아이가 분명히 함께 있었는데 한 아이가 눈 깜짝할 사이에 사라지는 것이다. 제균이를 잃어버리면 선균이를 잡아다가 먼저 집앞에 데려다 놓고 '여기 가만히 있어.'라고 주문을 걸어 놓고 제균이를 찾으러 온 동네를 미친 듯이 뛰어다녔다. 그런 일이 너무 자주 생기니까 아이들을 끈으로 묶었으면 좋겠다는 생각까지 하였다.

그래도 낮에는 괜찮은데 캄캄해지면 겁이 났다. 이러다가 밤을 넘기면 어떡하지 싶어서 목이 터져라 아이 이름을 부르며 뛰어다녔다. 다행히 하루를 넘긴 적도 없고, 둘 다 한꺼번에 잃어버린 일도 없었지만 아이가 사라지면 수명이 단축되는 것 같았다. 선균이를 집에 데려다 놓고 제균이를 찾으러 나가면서 엄마는 선균이한테 말한다.

"엄마가 전화를 할 거야. 전화 오면 받아야 해!"

전화를 받을 수 있는 애도 아닌데 엄마는 선균이에게 간절한 마음으로 당부를 하였다. 심지어 '동생이 오면 문 열어 줘야 해!'라는 부탁까지 한다. 너무나 다급해서 가능하지도 않은 이야기를 하고 있었다. 평상시 같으면 아이들이 못할 일을 하라고 하지 않을 텐데 불안하니까 그 아이에게라도 의지를 하고 싶었던 것이다.

치료를 시작하셔야죠

…

쌍둥이가 장애 진단을 받은 것은 여섯 살 때이다. 자폐성장애 판정을 받았다.

선균이가 2급, 제균이가 3급이었다. 의사가 '치료를 시작하셔야죠.' 라고 말했다. 치료라는 말은 고쳐질 수 있다는 말로 느껴져서 엄마는 치료에 매달렸다.

언어치료, 운동치료, 놀이치료 등 일주일 내내 치료실을 순례하였다. 한 달 치료비로 수백만 원이 지출되어 월급쟁이 아빠가 감당하기에는 너무도 버찼지만 그래도 포기하지 않았다. 그렇게 치료에 모든 것을 다 쏟아부은 것은 쌍둥이에게 덮어씌워진 장애를 지우기 위해서였다. 쌍둥이가 초등학교 입학 전까지 장애가 지워지지 않으면 모든 것을 끝내겠다는 극단적인 생각을 하고 있었다.

엄마의 소망과는 달리 쌍둥이는 더욱 이상행동을 보였다. 과일주스를 만들어 주기 위해 믹서기를 사용하면 소리를 질렀고, 지하철역에서 전동차가 들어오면 불안해서 난리를 쳤다. 미용실에 가는 것을 죽기보다 싫어했다. 나중에 알고 보니 믹서기 소리, 전동차 소리, 바리깡 소리 등 소리에 예민했기 때문이었다.

엄마는 어렸을 때부터 교회에 다녔던 크리스찬이기도 했지만 아이들을 키우면서 아무리 힘들어도 주일마다 예배를 빠지지 않았다. 교회에 가서 은혜를 받고 싶은 간절함이 있었던 것이다. 그런데 교회에 다녀오면 아이들을 야단치며 때리게 되는 엄마였다. 예배에 방해가 되어 예배를 드리다가 밖으로 나가게 되는 일이 반복되었기 때문이다.

엄마는 장애 때문에 산만한 아이들에게 가만히 앉아 있으라고 야단을 치는 것이 옳은 일인가 반성을 하게 되었다.

"다른 아이들은 다 얌전히 앉아 있는데 우리 아이들만 난리를 치고 돌아다니니까 성도들이 영아반에 보내라는 거예요. 영아반에 있을 애가 아닌데 영아반에 들어가 있으라고 하니까 너무 자존심이 상했어요."

주일마다 마음이 불편해지는 상황이 싫어서 오빠가 다니는 교회로 옮겨서 어렵게 신앙 생활을 이어 갔다. 어느 날 복지관 선생님이 이렇게 물으셨다.

"어머니, 혹시 사랑의 교회라고 들어 보셨어요. 그곳에 사랑부가 있어요."

사랑의 교회는 장애아와 함께 예배를 드릴 수 있는 곳이라고 하면서 '어머니, 거기 가 보실래요?'라고 권하여 한번 가 봤는데 그곳은

별천지였다. 교사가 장애아를 일대일로 붙어서 살펴 주었고, 교사가 너무 좋은 분들이어서 엄마 마음을 편하게 해 주었다. 장애아들을 배제하는 곳만 다니다가 이렇게 따뜻하게 보듬어 주는 곳이 있다는 것에 감동하여 세상이 그렇게 각박하지는 않다는 위안을 받았다. 엄마는 너무 좋은데 아이들은 교회에 갔다 오면 또 울었다. 엄마는 아이들이 우는 이유를 도저히 알 수가 없었다.

"또 왜 울어. 도대체 왜 우는 거야?"

쌍둥이가 울었던 이유는 공과시간에 뭘 만들어 보려고 순서별로 내용물을 추려 놓았는데 어떤 애가 다 엎어 버리고, 자기가 뭘 먹고 있는데 어떤 애가 먹는 것을 빼앗아 갔다는 것이다. 어느 날은 얼굴을 손톱에 파여서 오기도 했다.

"학교에서 제균이가 어떤 행동을 해서 야단을 맞으면 '네가 이러이러해서 야단을 맞은 거야. 네가 잘못했어!'라고 했어요. 그리고 복지관이나 교회에 가서 다른 친구들이 한 행동에 속이 상해서 울고 오면 '네가 이해를 해야 되는 거야. 왜냐하면 저 아이가 너보다 장애가 더 심하잖아.'라고 했어요. 그러니까 네가 그 아이를 이해해 줘."

엄마는 쌍둥이에게 '이쪽(비장애인 속에서)도 네가 이해를 해, 저쪽(장애인 속에서)도 네가 이해를 해!'라고 아이들에게 당부하였다.

엄마는 쌍둥이가 학교에서 오든 복지관이나 교회에서 오든 늘 같은 질문을 하였다.

그러던 어느 날 '오늘 어땠어?'라는 똑같은 질문을 했다.

"엄마한테 말 안 해? 왜 말 안 해?"

"엄마는 내 편 아니잖아!"

엄마는 한 대 세게 맞은 느낌이었다. 비장애아이들 속에서 당하는 어려움도 쌍둥이에게 참으라 하고, 장애아이들 속에서 생기는 문제에 대해서도 쌍둥이에게 참으라고 했다. 아이들에게 너무 무리한 요구를 계속했었다는 사실을 깨달았다. 그때부터 아이들이 학교에서 있었던 억울함을 호소하면 엄마도 한 편이 되어 주었다.

"그래? 엄마가 내일 가서 싸워 줄게!"

"아냐 엄마, 내가 내일 가서 이야기할게."

복지관에서도 자기가 먹고 있는데 어떤 아이가 탁 잡아챘다고 하면

"같이 먹자고 하는 아이한테는 나눠 줘. 하지만 네 걸 잡아채는 애한테는 안 줘도 돼!"

"정말 그래도 돼요?"

이렇게 말해 주니까 그때부터 조금씩 마음을 열었다. 엄마가 그때 깨달은 것은 '세상에 자기편이 하나는 있어야겠구나!' 하는 것이었다. 교육을 시킨다고 계속 쌍둥이한테만 참고 양보를 하라고 했던 방식이 아이들에게 스트레스가 되었던 것이다.

유치원에 처음 보낼 때 쌍둥이를 한 반에 넣었다. 쌍둥이는 항상 같이 생활을 해 왔기 때문에 유치원에서도 같이 있는 것이 당연하다고 생각했다. 그런데 일란성쌍둥이라서 아이들 눈에는 똑같아 보이니까 이렇게 물었나 보다.

"너는 누구니?"

유치원 때라서 자기가 누구라고 대답을 못하니까 선생님한테 '얘는 누구예요?'라고 아이들이 모두 한마디씩 해서 선생님이 대답해주느라고 힘들었다고 했다. 더군다나 선생님들이 쌍둥이를 늘 비교하면서 엄마에게 말씀하셨다.

"제균이는 하는데 선균이는 이걸 못해요."

엄마는 그때 또 알았다. 쌍둥이를 분리시키는 것이 선생님이나 아이들에게도 좋고 쌍둥이에게도 좋다는 생각이 들어서 그 후는 같은 반에 넣지 않았다. 반이 서로 다른 데도 선생님들이 매번 비교를 하셔서 '얘는 얘고, 쟤는 쟤예요.'라고 말하고 싶었지만 엄마는 참아야 했다.

쌍둥이의 학교생활

...

쌍둥이가 초등학교에 입학을 했다. 같은 학교로 보냈다. 그래야 등하교를 한 번에 할 수 있기 때문이다.

9시까지 학교에 보내고 집으로 들어오면 10시쯤 학교에서 전화가 왔다. 아이가 운다고 데려가라는 것이었다. 학교에 가면 우는 아이는 제균이었다. 제균이는 우는 것으로 싫은 것을 표현했던 것이다. 학교라는 새로운 공간이 낯설어서 싫었던 것이다.

엄마는 10시만 되면 전화기를 자꾸 쳐다보게 되고 전화벨이 울릴까 봐 심장이 벌렁벌렁 뛰었다. 학교에 못 다니게 될까 봐 걱정이 되었다.

"지금 엄마들은 안 한다는데 저희 때는 일주일에 한 번씩 가서 엄마들이 교실 청소도 해야 하고, 환경미화도 해 줘야 되고, 녹색어머니회 활동도 해야 하고 정말 할 일이 많았어요. 우리 아이가 장애가 있다는 것 때문에… 그런데 정말 힘든 건 선생님께서 제균이가 우는 이유를 모르겠다는 거예요. 나중에 듣고 보면 우는 이유가 다 있었는데 그 선생님은 이유를 알려고도 하시지 않았던 것 같아요. 선생님은 무조건 특수반으로 가라고 하셨어요. 저는 우리 아이들을 원반에 두고 싶었어요. 그래서 선생님께 말씀드렸어요. 공부는 제가 가르칠게요. 선생님은 그냥 아이들하고 소통만 하게 해 주세요."

엄마는 원반에 있어야 아이들이 좋아질 것 같아서 원반에서 쫓겨나지 않으려고 선생님에게 매달렸다. 엄마의 욕심이었다. 아이들이 특수반에 갔으면 학교에서 스트레스를 받지 않았을 테고 원반과 특수반에서 비장애인과 함께하는 법과 장애인과 어울리는 방법 두 가지 경험을 다 해 볼 수 있었을 텐데 하는 아쉬움이 남는다.

초등학교 때는 알림장을 봐야 엄마가 집에서 자녀를 지도할 수 있었다. 어느 날은 알림장에 아무것도 적혀 있지 않았다. 왜 알림장에 선생님 과제를 써 오지 않았느냐고 묻자 '엄마가 선생님과 통화해 보세요.'라는 것이었다. 알림장 적는 일은 엄마가 하는 일이 아니고 학생이 하는 일이라는 것을 가르쳐 주기 위해 엄마는 아이를 학교에 다시 보내 선생님께 여쭈어 보고 적어 오도록 하였다. 그 후 아이들은 알림장 쓰기를 빼먹지 않게 되었다.

2007년 초등학교에 다닐 때 쓴 제균의 동시에서 엄마와 쌍둥이의 마음이 잘 드러난다.

가을 운동회

우리 엄마 마음

임제균

우리가 말을 안 들을 때
엄마의 마음은
꽉 막힌 도로 같다
언제 뚫릴지 모르는
꽉 막힌 도로처럼 답답하다

우리가 말을 잘 들을 때
엄마의 마음은
뻥 뚫린 버스전용도로 같다
마음 놓고 쌩쌩 달릴 때처럼
시원하고 행복하다

난 우리 엄마의 마음이
KTX였으면 좋겠다
제트기였으면 좋겠다
아무 막힘없이
항상 행복했으면 좋겠다.

초등학교는 아이들이 어렸기 때문에 그럭저럭 잘 다녔다. 중학교에 입학한 후 엄마는 아이들이 스스로 살아가는 방법을 익히도록 쌍둥이 형제끼리 통학을 하도록 하였다. 불안하기는 하였지만 혼자가 아니고 둘이어서 서로 협력하여 문제를 해결하리라 믿었다.

그러던 어느 날 학교에서 전화가 왔다. 선균이가 여학생 가슴을 만졌다는 것이었다. 엄마는 어떤 문제가 생겼을 때 무조건 사과를 하거나 무조건 우리 아이는 그런 행동을 하지 않는다고 부정하지 않았다.

학교에서 돌아온 선균이에게 엄마는 평소와 다름없이 학교 얘기를 하며 그 상황에 대해 자세히 들을 수 있었다. 교실문에서 나가고 들어가다가 서로 부딪혔는데 선균이가 '미안해!'라고 말한 것이 가슴을 만진 것을 시인한 것처럼 되고 말았다.

엄마는 선균이가 스킨십을 극도로 싫어한다는 것을 알고 있었고, 아직 이성에 대한 관심이 생기지 않아서 엄마는 자신 있게 아들을 대변해 줄 수 있었다. 결국 그 사건은 엄마의 설명으로 잘 마무리가 되었지만 그것이 고등학교 진학을 남학교로 선택하게 하는 결정적인 계기가 되었다. 서울에 있는 성남고등학교는 특수반이 없었지만 쌍둥이 형제를 받아 주었고, 교감 선생님이 어떻게 도와줘야 하는지를 물으실 정도로 친절하였다. 그런 관심에 아이들도 자신감이 생겨서 학교생활을 아주 잘 하였다.

사회성 교육이 필요해

...

아이들이 초등학생이 되면서 한 달에 한 번씩 용돈을 주었다. 그런데 선균이가 용돈 3천 원을 갖고 바로 슈퍼로 달려가서 3천 원어치 과자를 사 갖고 왔다. 엄마는 용돈은 한 달 동안 나눠서 조금씩 써야 한다는 것을 알려 주기 위해 다음 달 용돈을 줄 때까지 과자를 절대로 사 주지 않았다. 과자는 3천 원으로 조금씩 조금씩 사 먹어야 한다는 것을 가르쳐 주기 위해서였다. 제균이는 선균이가 용돈을 한꺼번에 쓰고 과자를 못 사 먹는 것을 보고 과자를 조금씩 사 먹었다. 선균이를 통해 선행 학습이 된 것이다. 돈을 쓰는 방법을 아주 혹독하게 가르쳤더니 자기 용돈으로 산 것은 엄마한테조차 주지 않을 정도로 짠돌이가 되었다.

일곱 살 때부터 일주일에 한 번씩 복지관 프로그램을 마치면 손에 2천 원을 쥐어 주고 혼자 택시를 태워 피아노 학원으로 보냈다. 두 아이 모두 치료를 받아야 하니 선균이랑 엄마가 함께 움직이면 제

한국장학재단 주관_독일 연주

균이는 혼자 해야만 했다. 학원에 도착한 제균이는 수시로 대성통곡을 했다. 이유는 기사 아저씨가 목적지보다 더 앞에 내려 주거나 목적지를 지나서 내려 줬다는 것과 그때 기본요금이 1,300원이어서 분명 돈이 남는 거리인데 꼬마라고 안 주고 그냥 가 버리는 기사 아저씨들이 제법 있어서 거스름돈을 못 받았다는 것이었다. 그때마다 대처법에 대한 교육을 실시하였다.

"첫째, 목적지를 정확히 이야기하기!"

"둘째, 거스름돈 꼭 받고 내리기!"

그렇게 시간이 지난 후, 고등학생 때 독일에 갔었는데 택시 앞자리에 앉았던 제균이가 안 내리길래 뭐하나 했더니 거스름돈을 받기 위해서였다. '팁이고 뭐고 난 내 돈을 받아야겠다!'였다. 제균이는 팁을 반드시 줘야 하는 독일에서도 기어이 거스름 돈을 받고 내렸다.

그리고 언젠간 택시를 탔는데 아저씨가 빠른 길을 놔두고 빙빙 돌아갔다. 엄마는 사회적 체면(용기 부족)으로 침묵하는데 선균이가 "아저씨, 왜 돌아가요?"라고 말했다. 이제 정말 택시 교육은 종료!

엄마는 급한 순서로 우선 순위를 정하지만 아이들은 하고 싶은 일부터 하려고 한다. 엄마는 '이게 더 급해!'라고 알려 주면 화를 낸다. 어렸을 때처럼 떼를 쓰는 건 아니지만 심통을 부린다.

국어 시간에 내 준 과제를 쉬는 시간을 이용해서 하고, 그다음이 수학 시간이면 수학 공부를 해야 하는데 수학 시간에도 국어 과제를 하다가 선생님한테 야단을 맞았다. 그런데 아이들은 하고 싶은 일을 마쳐야 직성이 풀리기 때문에 그런 일 때문에 항상 지적을 받았다 . 아이들은 열심히 했는데 야단을 맞으니까 너무 억울해한다.

"나중에 성인이 되면 회사에 갈 거야. 네가 어떤 일을 하고 있어. 근데 부장님이 '이게 더 급해 이거 먼저 해 줘!' 했을 때 지금의 너는 '아니요. 나는 이거 하고 할 거예요.' 이렇게 말하면 너는 회사에서 잘려. 일에는 항상 먼저 해야 되는 우선 순위가 있어."

쌍둥이는 지금도 그게 잘 안 된다. 지금도 자기가 하고 싶은 것을 먼저 한다. 내일이 공연인데 공연할 곡을 연습하지 않고 자기가 좋아하는 곡을 연습하여 엄마 가슴을 태운다. '내일 연주 있는데 이게 더 급해. 이거 해야 돼!'라고 하면 신경질을 낸다.

"엄마는 내일의 안전한 연주를 위해서 이거 먼저 했으면 좋겠다는 거야."

본인의 뜻대로 하면 연주곡은 밤 12시가 넘어야 연습이 끝난다. 잠이 부족해서 컨디션이 안 좋으면 연주에 지장을 주는데도 일의 순서 대신 자신의 계획대로 연습을 해서 컨디션 조절을 못하는 것이 엄마는 안타깝다. 쌍둥이에게는 항상 감정이 우선이다.

규니의 에피소드

...

봄맞이 화분 정리를 하던 엄마 눈에 조르르 걸린 우산 속에서 무지개 우산이 눈에 들어왔다. "너는 살아남았구나!"라며 혼잣말을 했다. 초등학교 때 우산을 쓰고 나갔다가 화가 나면 아이들이 우산에 화풀이를 했다. 그래서 나갈 땐 반듯했던 우산이 한쪽이 휙 찌그러지거나, 자동우산인데 펴지지도 오무려지지도 않거나….

쌍둥이가 혹시나 찌그러진 우산을 쓰면 더 어리버리해 보일까 봐 버리고 새 우산을 사 주는 일이 반복되었다. 둘이 동시에 우산을 망가뜨리기 때문에 한두 개 사서는 감당이 안 되어 인터넷으로 박스채 구입하기를 여러 번 했었다. 같은 반 엄마가 유심히 보셨는지 우산이 도대체 몇 개냐고 물어볼 정도였다.

그런데 아이들이 성장하며 우산이 망가지는 속도가 느려지더니 언제 그랬냐는 듯 멈췄다. 그 덕분에 살아남은 우산들이 아직도 우리 곁에 있다.

제균이는 발달이 좀 빨라서 초등학교 1학년 때부터는 소통이 되었다. 하지만 선균이는 3, 4학년까지 말이 제대로 되지 않았다. 그래서 제균이는 엄마하고만 말을 하려고 했다.

"제균아, 엄마하고만 얘기하지 말고 형하고 말해?"

"재 하고 말이 안 돼요."

선균이와 대화를 안 하려고 하는 이유가 말이 안 통한다는 것이었다. 같은 형제들 사이에서도 이런 차별이 일어나고 있었다.

선균이가 어느 날부터인지 조금씩 소통을 하기 시작했고, 제균이도 선균이와의 대화에 재미를 붙였다. 그래서 쌍둥이 형제가 이제는 서로 대화를 잘 한다.

엄마는 전혀 알아듣지 못해도 형제는 서로 의사소통이 되었다. 그들 대화가 일반 대화와 다른 것이 있다면 반응을 기다려 준다는 것이었다. 발달장애인들과 비장애인의 대화의 장벽은 그들의 발음이 어눌해서가 아니라 바로 기다려 주지 않기 때문임을 알 수 있다.

쌍둥이 형제는 엄마를 깜짝 놀라게 할 때가 많다. 엄마가 둘의 대화를 이해하지 못하면 이렇게 말한다.

"엄마랑 세계가 달라요."

이상행동을 지적하면 "불안해서 그래요."라며 이유를 설명하였다. 각자의 세계가 있고, 아무것도 모르는 것 같아도 너무나 잘 알아서 생기는 불안감도 있다.

초등학교 1학년 때 선균, 제균에게 장애가 있다는 선생님 말씀에 반 친구들이 묻지도 않고 신발주머니를 들어 주고, 반강제적으로 실내화로 갈아 신겨 주자 제균이가 하는 말이 명언이다.

"너나 잘해!"

아무것도 모르는 줄 알고 과잉 친절을 베푸는 사람들을 향해 우리 아이들이 하고 싶은 말이 아닐까?

엄마를 더욱 놀라게 했던 일은 바로 형제 간의 경쟁 관계였다. 쌍둥이는 여섯 살 때 심리치료도 받았었다. 어느 날 선생님이 엄마 혼자 상담실로 들어오라고 하였다.

"어머니, 선균이가 동생을 경쟁 상대로 생각하며 좀 위축되어 있고 불안증상이 있어요."

그제야 엄마는 항상 쌍둥이 형제를 비교하는 화법을 썼다는 것을 깨달았다. '제균이는 하는데 선균이는 못해요!'라는 식으로 선생님들에게도 말했고, 가족들에게도 '제균이가 했어요!'라며 제균이 자랑을 하였다. 할 수 없을 줄 알았던 것을 해낸 것이 너무 신기해서 주위에 알렸던 것인데 선균이한테는 상처가 됐던 것이다.

선균이도 나중에는 할 수 있게 되었지만 그때는 그것이 당연하다고 느꼈기 때문에 칭찬을 해 주지 않았다. 그래서 선균이는 동생에게 피해의식을 갖게 되었고 선생님과 상담을 하는 날이면 '엄마, 나도 옆에서 들으면 안 돼요?'라며 신경을 썼다. 어려서 또는 장애 때문에 모를 것이라고 생각하고 비교하며 말했던 것이 선균이한테 그런 엄청난 고통을 주었다는 것을 알고 엄마는 반성을 많이 했다.

초등학교 때 제균이가 바둑을 배우고 싶다고 해서 바둑 학원에 보내니 한 달 내내 울고 왔다. 이유는 가자마자 기초도 모르는 제균이에게 형들과 매일매일 바둑을 두게 했단다.

"형들한테 졌어."

물을 너무 좋아해서 오랫동안 수영을 다녔는데 성인 형이랑 수영 시합을 하고는 졌다고 또 대성통곡을 했다. 학교에서 시험을 보고 나면 또 울고불고… 이유는 수학 점수가 안 좋게 나와서였다.

'어머니, 제균이가 국어는 1등 했어요.'라고 선생님도 승부욕이 지나친 제균이를 걱정하셨다. 잘한 건 중요하지 않고 못한 것에 집중하는 제균이는 심리치료의 하나인 연극치료를 몇 년간 받았다.

"사람은 다 달란트가 달라. 넌 너의 색깔이 있는 거야. 엄마 아빠도 못하는 것 많아. 다른 사람이랑 비교하지마. 넌 충분히 멋있어!"

쌍둥이에게 잘 하고 싶은 욕심은 분명히 있다. 방송에서 인터뷰를 할 때 제균이가 말을 많이 하고 선균이는 말을 거의 하지 않는 것을 보고 큰아이는 말을 하기 싫어하느냐고 묻지만 엄마 눈에는 선균이가 말하고 싶어서 말을 시작할 포인트를 찾느라고 침을 꼴깍꼴깍 삼키는 것이 보인다. 자기가 조리 있게 말을 못하니까 계속 '뭐라고 말해야 되지. 뭐라고 말해야 되지!'라고 생각하느라고 말수가 적

초등학교 졸업식에서

어진 것이다. 선균이는 너무 말을 하고 싶은데 망설이다가 제균이가 툭 던지면 그때서야 그 말이 생각나서 얼른 그걸 말하곤 한다.

엄마는 '형이 말할 때까지 기다려 줘 봐!'라고 제균이에게 부탁한다. 그래도 안 되면 선균이는 '그냥 네가 해.'라고 양보한다. 선균이는 언제나 형 같은 의젓함이 있고, 제균이는 막내 같은 느낌이 있다. 엄마는 형동생 나누지 않고 키웠는데도 그렇게 나뉘어지는 것이 신기하다.

콜택시를 탔다. 타자마자 질문을 하신다.

"얘만 그러냐? 얘도 그러냐?"

'얘도 그래요.'라고 답해 주고 더 이상의 질문을 차단하려고 핸드폰을 열심히 쳐다봤다. 이런 이야기 저런 이야기를 하시는데 엄마가 별 대꾸를 안 하자 그만하신다. 도착해서 내리고 차문을 닫았다. 기사 아저씨가 창문을 내리며 나를 불렀다. 순간, '뭘 두고 내렸나?' 하며 쳐다봤다.

"힘내시고 사세요."

그 말에 힘이 더 빠진다. 괜시리 앞서가는 아들들한테 말했다.

"아저씨가 힘내란다."

"뭔 소리야?"

투표하는 날, 선거인명부 확인할 때, 선균이 먼저 사인하고 가고 제균이 순서였다.

"어 ? 아까 하셨는데?"

그러자 속사포 쏘듯 제균이가 말했다.

"저 사람은 내 형이구요, 우린 쌍둥이예요 우린 옷 색깔도 다르고, 번호도 다릅니다."

예전엔 시간 날 때마다 부모 교육을 받으러 다녔었다. 교육 신청 받는 담당자가 어머니는 그만 받으셔도 되겠다고 할 정도로 교육에 참여했던 이유는 아들들의 이해할 수 없는 행동을 이해하게 되어 교육을 받으면 엄마는 자기 행동을 반성하며 분노심을 가라앉히고 다시 온화한 엄마가 될 수 있었기 때문이다.

'칭찬은 고래도 춤추게 한다는데 칭찬을 많이 해 줘야지.' 했다가도 아이들이 이해할 수 없는 행동을 하면 화가 치밀어 올랐다. 이런 시기가 올 때 교육을 받으면 효과가 좋았다.

어느 날 자상한 엄마의 모습을 보이니 제균이가 한 방 날린다.

"교육받고 오셨어요?"

규니를 숨기려는 어른들

...

명절 날 시댁을 가면 시어머니는 애들을 데리고 동네에 못 나가게 하였다. 나가려면 애들은 두고 가라고 했다.

"왜요? 어머니?"

"동네 사람들이 알잖아!"

시어머니는 동네 사람들에게 쌍둥이의 장애를 알리고 싶지 않았던 것이다. 더 정확히 말하면 동네 사람들에게 창피하니까 나가지 말라는 것이었다. 그래서 엄마는 자기도 안 나가는 쪽을 택했다.

엄마가 아이들이 좀 이상하다고 걱정을 하면 아무렇지도 않은 애들한테 왜 그러느냐고 우리 집안은 원래 말이 늦다고 하셨던 분인데 장애 진단을 받은 후 확 변하셨다.

"말 안 들으면 좀 때리면서 키워라."

아이들한테 손도 못 대게 했던 분이 이렇게 말씀하신다던가 아니면 애들을 계속 쫓아다니면서 '하지 마. 하지 마!'라고 못하게 하셨다. 게다가 동서가 아기를 낳은 후부터는 동서의 아기와 말끝마다 비교를 하셨다.

"우리 막내며느리는 아기도 잘 낳았어. 애들이 복덩이다. 복덩이."

엄마의 스트레스는 점점 늘어 갔다. 그럴 때는 남편이 막아 주어야 하는데 남편은 '노인이니까 그렇지.', '옛날 분이어서 그래.'라고 엄마에게 이해를 강요했다. 그래서 쌍둥이 초등학교 3학년 때쯤에 단호하게 말했다.

"이혼하자. 나는 이렇게는 못 살아. 내가 언제까지 어머니한테 이런 말을 들으면서 살아야 해!"

남편은 이혼 사유가 자기 어머니 때문이라는 말을 이해하지 못했다. 그래서 아기를 낳았을 때부터 10년 동안의 이야기를 다시 한 번 쭉 했다.

"그동안 나한테 왜 얘기를 안 했어?"

"계속했어. 어머니가 아이들 앞에서 서운한 말 하실 때, 당신은 한 번도 우리 편이 안 되어 줬어. 나는 앞으로도 애들을 계속 키워야 되는데, 그럼 내가 계속 참아야 하는 거야. 나는 더 이상 그렇게 못하겠어."

남편은 '자기는 못 들었다!'고 항변했는데 그것이 거짓말로 둘러대는 것 같지 않았다. 그저 하는 푸념이려니 하다가 너무 진지하게 이혼하자면서 얘기를 하니까 그때서야 귀에 들어온 것이다.

어머니에게 들은 말 가운데 가장 상처가 된 말은 '어머니 제가 좀 아파요.'라고 하면 어디가 아프냐, 많이 아프냐고 묻는 것이 아니라 '애들도 아픈데 너도 아프냐?'고 '너는 아플 자격도 없다!'는 듯이 하신 말씀이라고 하자 남편도 어머니에게 서운했던 모양이다. 그래서 그 말을 전했더니 어머니는 그런 말을 하신 적이 없다고 하셨단다. 말하는 사람은 아무 뜻 없이 한 말이 당사자에게는 송곳이 되어 가슴을 후벼 파는 상처가 된다. 남편도 어머니를 비롯한 다른 가족들이 하는 말에 송곳을 느끼지 못할 때가 많았기 때문에 듣지 못했다고 하는 것이었다.

쌍둥이 아홉 살 때, 삼성에서 하는 장애아스키교실에 보냈을 때 장애아들도 스키를 즐긴다는 내용으로 TV 9시 뉴스에 나왔는데 쌍둥이 얼굴이 화면을 가득 채우면서 지적장애인 임선균·임제균이라는 자막으로 뜬 것이다. 그것을 본 시아버지께서 화가 나셔서 '도대체 애들을 왜 내보내냐. 이제 모두 알게 생겼다.'라시며 호통을 치셨다.

시아버지도 손자들을 노출하고 싶지 않으셨던 것이다. 시어머니는 아이 문제로 자주 화를 내시지만 시아버지는 절대로 화를 안 내시는 분이었는데 그렇게 화를 내시자 더욱 서러웠다. 남편도 회사 직원들이 TV를 많이 봤다고 한다. 일부러 숨긴 것은 아니지만 적극적으로 말하지 않았기 때문에 아이들을 숨긴 아빠가 되고 말았다.

이렇게 집안을 들쑤셔 놓은 기자를 고소할까도 생각했다. 적어도 방송에 내보내도 되느냐고 부모에게 물어봤어야지 자기네들 마음대로 쌍둥이를 이용했다는 생각이 들었다. 그런데 생각을 바꾸었다.

가족들이 용기가 안 나서 노출을 못했던 것은 사실이기 때문이다.

"시댁뿐 아니라 친정 또 남편 회사 심지어 저도 친구들에게조차 말 못하고 키웠는데 그 참에 다 알려져서 마음이 편했어요. KBS 〈편스토랑〉에 탤런트 오윤아 씨가 발달장애 아들과 함께 출연하여 아들을 그대로 보여 주는 것을 보고 참 멋있어 보였어요. 알게 모르게 숨기며 살게 되는 것이 장애아 가족인데… 마침 오윤아 씨와 발달장애인 부모들이 방송을 할 기회가 있어서 제가 감사하다고 했어요. 유명인이 용기를 내야 우리 엄마들이 힘이 생긴다구. 그러니까 오윤아 씨가 자꾸 울어요, 그래서 내가 지금은 한창 울 시기라고 그랬어요. 나중에는 눈물이 안 나온다구."

요즘은 자기 아이에게 장애가 있다는 것을 공개하는 유명인들이 늘어나고 있어서 일반 가정에서도 장애아를 숨기려고 하지 않을 듯하지만 아직도 당당하게 드러내지 못하는 것은 장애아를 바라보는 사회 인식이 여전히 부정적이기 때문이다.

"치료실에 갈 때 항상 두 애를 데리고 가니까 엄마들이 나를 불쌍하게 보는 거예요. 정말 힘들어 보였던 거죠. 하나도 힘든데 아이 둘이 장애가 있으니 안 그렇겠어요. 엄마들 사이에서도 우리는 최악이었어요. 둘 다 저래 가지고… 라는 소릴 많이 들었어요."

이야기를 안 하면 일반 사람들은 장애아를 낳은 게 엄마들이 잘못해서 라고 생각한다면서 치료실에 다닐 때의 얘기를 해 주었다.

"시어머니가 데리고 다니는 애가 있었는데 그 시어머니는 저희만 보면 자기 며느리 흉을 보는 거예요. 우리 며느리가 아무래도 임신했을 때 술을 먹어서 이런 애가 태어나지 않았겠냐면서… 그래서 '할머니, 저 임신했을 때 커피 한잔 안 마셨거든요.'라고 애엄마 편을 들어주죠."

또 어떤 분은 태교를 잘못해서 애가 그런 거라는 식으로 사람들은 뭔가 탓을 찾지만 유명한 분들이 자녀가 장애인이라고 하면 사람들은 어느 가정이나 장애인이 태어날 수 있다고 생각하기 때문에 엄마도 아이도 훨씬 편해진다. 아이들은 자유롭게 다니고, 엄마들은 사람들과 대화하는 것이 편해지고… 그런데 오픈을 안 하면 장애아 가족들은 자꾸 감추려고 한다.

엄마는 장애아를 숨기려는 어른들도 언젠가는 모두 이해를 하게 된다는 것을 알게 되었다.

"시어머니가 입원을 하셔서 찾아뵈었더니 '네가 키우는 데는 힘들었지만 잘 키웠다, 둘 다 너무 잘 컸다.'고 하시며 우시는 거예요. 어머니가 많이 약해지신 것 같아서 저도 울었어요."

애들 아빠가 달라졌어요

…

"제가 별별 분들을 다 찾아다녔어요. 3개월 만 침 맞고 한약 먹이면 낫는다고 해서 정말 멀리까지 남편을 데리고 다녔죠. 나중에 제가 남편한테 물어봤어요. 내가 말도 안 되는 걸 하고 있는데 왜 안 말렸냐고 그랬더니 그때 내가 하고 싶은 걸 안 해 주면 나중에 원망을 들을 것 같아서 일단 해 주자 생각했데요. 아이들의 과잉행동이 모발의 납성분 때문이라고 해서 모발 검사 후 무슨 약인지도 모르는 약을 먹이고… 정말 안 해 본 일이 없어요."

엄마가 아이들한테만 매달리니 자연히 집안 살림이 엉망이었다. 남편은 그만하자고 소리를 질렀다가 아이들을 위해서도 이것은 아니라고 달래기도 하였지만 그때는 그 말들이 귀에 들어오지 않았다. 왜냐하면 애들이 치료가 안 되면 사는 게 무슨 의미가 있나 하는 생각이 들었다. 일단 애들을 고치고, 사는 것은 그다음에 생각해도 된다고 스스로에게 주문을 걸었다.

학교 수업을 제대로 못 따라간다고 학원에 갈 수 있는 애들도 아니어서 엄마가 공부를 시켰다. 따라오는 속도도 느리고 하나씩 데리고 가르치다 보면 밤 12시까지 공부를 하게 된다.

"남편이 퇴근해서 집에 와도 쉴 수가 없는 거예요. 제가 TV도 못 켜게 하거든요. 그리고 조용히 하라고 하고 그러니까 남편이 그게 힘들었나 봐요. 친정엄마한테 '애 엄마가 욕심을 좀 내려놨으면 좋겠다.'고 하더래요. 집에 오기 싫으니까 회사에서 그냥 일을 하는 거예요. 나는 집에 와서 집안일을 도와줬으면 했거든요. 그보다 더 화가 나는 것은 남편은 쌍둥이한테 생긴 문제를 얘기하면 마치 제3자처럼 말하는 거예요. 나는 속상해서 하는 말인데 남편은 '그럼 가서 교장한테 따져!' 이렇게 건성으로 대답해요. 내가 남편한테 말하는 것은 방법을 몰라서가 아니라 속상한 마음을 위로받기 위해서였거든요."

tvN 드라마 〈우리들의 블루스〉를 아빠와 엄마가 열심히 본다. 아빠가 발달장애가 있는 영옥이가 쌍둥이 동생 영희를 만나러 제주도에 와서 서로 애틋한 자매의 모습을 보여 주는 장면을 보며 눈물을 훔쳤다. 쌍둥이를 키우면서도 안 울던 사람이다.

식당에서 장애인을 대하는 태도를 보며 '저 정도는 우리의 일상생활 아니였나?'라며 애써 웃었지만 아팠다. 부부가 이런저런 대화를 하다가 일치된 의견은 '부모보다 더 힘든 건 장애인 당사자들이지!'

<리틀빅히어로> 시상식에서 배우 류수영 님과 함께

라는 것이었다.

이제 서로 편하게 대화할 수 있어 너무 다행이다. 아이들이 클 때는 혹시나 상처받지 않을까 싶어서 장애에 대한 얘기를 편하게 나누지 못했다. 엄마는 아빠에게 가르쳐 줄 것이 많다.

엄마: '장애를 앓다'라고 표현하지 않아.
아빠: 왜?
엄마: 제균아 뭐라고 하지?
제균: '장애를 가지고 있다'라고 하죠.
엄마: 그치. 장애가 병은 아니니까. 우리가 아프다고 생각하니까 자꾸 치료하려고 하고 고쳐 보려고 하는 것 같아. 아빠랑 엄마가 다르듯 우리 모두 다른 건데….
제균: 그렇죠. 전 저인 거죠.

코로나 때문에 명절은 무조건 패스하다가 이번엔 큰맘먹고 시댁으로 출발하였다. 아빠가 아들들이 그동안 연주한 곡을 USB에 저장해 오는 이벤트를 해서 내려가는 내내 추억을 소환하였다. 뒤에 앉은 제균이가 불쑥 하는 말, "저거 연습하면서 디지게 혼난 곡이다!"

아빠: 엄마랑 동상이몽이네.
엄마: 아들들~~ 동상이몽이 뭐야?

선균: 예를 들면 아빠는 삼계탕을 먹고 싶은데 나는 켄터키 치킨이 먹고 싶은 거!
엄마: 아하~~ 아주 적절한 비유.

음악으로 시작했으나 실은 온 가족이 퀴즈식 대화를 좋아한다.

아주 오래전 할머니가 자꾸 고양이를 갖다 버리라고 한 적이 있었다.

"할머니! 할머니는 가족도 갖다 버리세요?"
"아니~~ 털이 빠지잖아."
"털이 있으니까 털이 빠지는 건 당연하죠."
"…."

아들들의 간단명료한 문답에 할머니는 더 이상 반려묘 사랑이를 문제 삼지 않았다.

규니의 잠재능력

...

쌍둥이는 일곱 살 때 음악치료를 시작했다. 미술치료, 놀이치료 등 모든 치료를 한 바퀴 돌고 나니 음악치료 순서가 돼서 그냥 음악치료를 받게 되었다. 치료를 한번 놓치면 기다리는 시간이 길어지기 때문에 엄마들은 무조건 신청을 하고 대기자 명단에 이름을 올린다. 특히 한 명이 아니고 두 명이 함께 치료를 받아야 해서 엄마는 모든 치료에 서둘러 신청부터 한다. 순서가 돼서 음악치료실을 찾았을 뿐 음악치료는 솔직히 엄마한테는 딱 끌리는 치료는 아니었다. 엄마 입장에서는 언어치료가 가장 요긴했다. 그런데 다른 치료와는 달리 아이들이 즐거워하였다. 그때는 솔직히 즐거워하는 줄도 모르고 그저 잘 순응해서 엄마가 좀 편해져서 좋았다.

어느 날 음악치료 선생님이 말씀하셨다.

"애들이 음악으로 감정을 표현했어요."

"에이, 안 될 거예요. 그게 어떻게 돼요."

엄마조차도 그건 안 되는데 못하는데 이렇게 생각하게 되었다. 음악에 대한 반응을 보인다는 선생님 말씀에 그냥 노는 치료라고 생각하고 있었다. 그런데 하루는 선생님이 진지하게 말씀하셨다.

"절대 음감이 있는 것 같아요. 음을 듣고 음을 표현해요. 피아노를 가르쳐 보실래요?"

엄마는 또 '저희 아이는 절대음감이 있을 리가 없어요. 그 흔한 동요 하나 부르지 않아요.'라고 하자 선생님이 답답하셨는지 엄마를 들어오라고 하더니 엄마에게 보여 주었다. 선생님이 건반 음을 하나씩 누르며 쌍둥이에게 물었다.

"이게 뭐지?"

"파."

"그래. 잘 했어. 이건 뭘까?"

"솔."

선생님이 뭘 보고 그러시나 대수롭지 않게 생각했는데 쌍둥이들이 선생님이 치는 음이 무엇인지 뭐다 뭐다 알아맞히는 것을 보고 솔직히 엄마도 놀랐다.

"우리 아이들이 그걸 어떻게 알까요?"

"그래서 절대음감이 있다고 하는 거예요."

집안에 음악을 하는 사람이 없어서 음악에 대해서 생각해 본 적이 없었다. 그런데 곰곰이 생각해 보니 폴더식 핸드폰에서 음악이 나오고 화면에 가사가 뜨면 엄마가 그것을 따라 불렀는데 선균이가 '아니야. 아니야!' 그랬다. 엄마는 무엇이 아니라는 것인지 몰라서 '아니야?'라고 했을 뿐 무엇이 아니냐고 물어보지 않았다. 선생님 말씀을 듣고 생각해 보니 엄마가 음정이든 박자든 뭔가가 틀리니까 애가 '아니야. 아니야!' 그랬던 것이다. 엄마의 노래가 선균이는 듣기에 불편했던 것이다.

엄마는 그제야 깨달았다. 그동안 엄마는 아이들이 못하는 것만 골라서 치료랍시고 가르치며 비장애아이들처럼 하라고 강요하였지 아이들이 무엇을 좋아하는지에 대해서는 관심이 없었다. 엄마면서도 무의식 속에는 타인들처럼 우리 아이들이 잘할 수 있는 것이 없다고 인식하고 있었던 것이다.

엄마는 선생님이 피아노를 가르쳐 보라고 해서 피아노를 시작했지만, 피아노를 잘 치는 음악적인 성과를 보기 위해서가 아니었다. 피아노를 하면 열 손가락 운동이 되니까 뇌 발달이 잘될 것 같아서 피아노 학원에 보냈다. 장애아를 가르쳐 주겠다는 학원을 찾기도 힘들었다. 아는 엄마의 소개로 겨우 학원을 찾아서 보냈는데 쌍둥이는 학원에 가면 2시간이 훌쩍 넘어야 집에 왔다. 선생님이 직접 지도하는 시간은 20분이라는 것을 알고 있는 엄마는 아이들을 열심히 가르쳐 주신다고 생각하고 고마운 마음이 가득했는데 하루는 같이 다니는 엄마가 말했다.

"선균이 제균이 피아노 학원 안 보내는 게 어때?"

엄마는 직감적으로 무슨 일이 있다는 생각이 들었다. 학원 선생이 쌍둥이가 먼저 왔음에도 불구하고 쌍둥이를 제일 뒤로 밀어 놓는다는 것이었다. 장애가 있어서 모른다고 생각하고 비장애아동부터 빨리 배우고 가도록 한다는 것을 꿈에도 생각해 보지 못했기 때문에 엄마는 화가 나기보다는 우리 아이들이 살아가면서 겪어야 할 일들에 가슴이 뻐근해졌다.

다음 날부터 쌍둥이들을 피아노 학원에 보내지 않았다. 학원에 항의하지도 않았다. 서둘러 방문 피아노 선생님을 구했다. 쌍둥이를 피아니스트로 만들 것이 아니기에 피아노 학원에서 체계적으로 배울 필요도 없었다. 처음에는 진도가 빨라서 쌍둥이 피아노 실력이 쑥쑥 올라갔다. 그런데 어느 단계까지는 발전하다가 다음 단계로 넘어갈 때는 따라가지 못했다. 그렇다고 엄마는 피아노를 포기하지 않았다. 고비라고 생각했다. 쌍둥이는 피아노뿐만이 아니라 모든 치료와 교육에 발전을 보이다가 더 이상 좋아지지 않는 침체기가 있었다. 그때 인내심을 갖고 기다리다 보면 다시 좋아지는 발전 패턴을 알고 있었기 때문에 엄마는 오히려 피아노 선생님을 다독거렸다.

"선생님, 걱정하지 마세요. 조금 기다리면 돼요."

그런 침체기 동안에도 레슨비는 나간다. 그렇다고 쉴 수는 없다. 우리 아이들이 쉬는 것은 잠시 멈춤이 아니라 아예 지워지는 것이라서 처음부터 다시 시작해야 한다. 진도가 안 나간다고 아이들을 나무라면 스트레스가 심해져서 다그쳐서도 안 된다. 스스로 고비를 넘길 때까지 기다려야 한다. 그런 침체기가 생길 때마다 엄마가 의연해져야 했다.

"선생님, 또 그 시기예요. 버팁시다."

피아노는 그냥 꾸준히 했는데 초등학교 4학년이 됐을 때 엄마는 이런 고민이 생겼다. 피아노는 자기 혼자서 하는 행위라는 것이 마음에 걸렸다. 자폐성장애는 사람들과 어울리는 사회성 행동이 어려워서 그것이 문제인데 피아노는 자폐성장애를 향상시키는데 도움이 되지 않을 것 같아서 함께 어울릴 수 있는 악기가 있었으면 좋겠다는 생각이 들었다. 게다가 피아노는 들고 다닐 수 있는 것이 아니어서 개인 독주회나 오케스트라가 아니면 연주할 수 있는 기회가 없겠다는 생각을 하고 있을 때쯤 '사랑의 복지관'에서 마침 발달장애아 오케스트라를 창단한다는 소식이 들렸다. 단원 모집 내용이 악기를 잘 다루는 것이 아니라 그냥 처음 악기를 접해도 되는 상황이라서 주저하지 않고 신청했다. 둘 다 선정이 되어 쌍둥이는 '사랑의 오케스트라' 단원으로 교육을 받게 되었는데 어떤 악기를 선택하느냐가 관건이었다. 아이들이 청력이 예민하니까 귀 옆에서 날카로운 소리가 나면 거부반응을 일으킬 것 같아서 귀에서 먼 악기를 택해 부는 관악기를 떠올렸다. 플루트 하고 트럼펫이 있었는데 제균이가 좀 더 씩씩하니까 제균이에게 트럼펫을 들려주고, 선균이한테는 플루트를 쥐어 주었다. 그야말로 순간의 선택이었다. 아이들이 어떤 한 악기에 몰리면 선생님이 악기를 배정해 주었는데 엄마의 빠른 선택으로 원하는 악기를 맡게 되었다. 당시 단원들은 악기를 다룰 줄 모르는 아이들이었다. 당연히 악보도 볼 줄 몰랐다. 선생님은 도레미를 어떻게 가르쳐야 할 것인지 고민하며 손가락으로 악보를 표시해 주었다. 우리 아이들은 배우겠다는 의지보다는 자기가 좋아하는 것을 하고 싶어하는 경향이 있어서 선생님에게 화를 내는 아이들도 있었다. 장애아를 가르친다는 것은 많은 인내심이 필요했다. 쌍둥이는 피아노를 배웠기 때문에 음을 이해하고 있었기에 조금 더 편하게 접근하였다. 그런데 제균이는 부는 힘이 좋음에도 트럼펫에서 소리가 나지 않았다. 부는데도 소리가 나지 않자 제균이가 화를 냈다. 몇 달 뒤에는 트럼펫 소리가 나도 짜증을 냈다.

"이 소리 아니야. 이 소리가 나야 한다고!"

피아노로 달려가 그 음을 치면서 짜증을 냈다. 자기가 아는 음정이 안 불어지니까 화가 났던 것이었다. 음을 알아서 쉽게 배울 줄 알았더니 자기가 생각하던 음정이 아니라고 화를 내는 바람에 엄마는 한동안 불안한 시간을 보내야 했다. 그 어려운 시기를 트럼펫 선생님이 잘 견디어 주셔서 쌍둥이 모두 오케스트라 단원으로 성장하였다. 지금도 트럼펫 선생님과는 연락을 하고 지낸다. 선생님께서 제균이를 믿고 기다려 주셨기 때문에 제균이가 지금까지 트럼펫을 연주할 수 있는 것이다.

엄마는 쌍둥이를 음악인으로 만드는 것이 목적이 아니었다. 엄마의 바램은 쌍둥이가 예배시간에 찬송가를 연주하며 예배를 드릴 수 있었으면 하는 것이었다.

"그게 될지는 모르지만 해 보자. 그것만 하면 성공한 거지, 이랬어요. 왜냐하면 둘이 무대에 올라가는 것도 상상이 안 됐고, 둘이 서로 맞춰서 연주를 끝낸다는 것도 상상이 안 됐거든요."

오케스트라 단원으로 음악 활동

...

2006년 하트하트재단이 하트하트오케스트라를 창단하여 쌍둥이는 하트하트오케스트라 단원이 되었다. 그때가 고등학교 2학년이었다. 장애인 인식개선을 위해 발달장애인들로 구성된 오케스트라인데 지난 17년간 국내외에서 1,000회가 넘는 연주 활동을 했다. 하트하트오케스트라는 그동안 뉴욕 카네기홀, 워싱턴 D.C 존 F. 케네디센터, 예술의전당 등 세계적인 공연장에서 연주를 하였다. 또 피아니스트 백건우, 임동혁, 조재혁, 비올리스트 리처드 용재오닐, 성악가 사무엘 윤 등 세계적인 연주자들과 협연하며 명성을 더해 왔다.

특히 하트하트오케스트라는 제20대 대통령 취임식, 평창동계올림픽, UN유니세프 창립 50주년 기념공연, 한일축제한마당 등에서 감동의 무대를 선보여 갈채를 받기도 했다. 하트하트재단은 문화를 매개로 발달장애인의 사회 통합에 기여한 공로로 지난해 4월 '삼성호암상 사회봉사상'을 수상하였다.

스페셜 뮤직&아트페스티벌과의 인연은 중학교 3학년 때이다. 2012년 스페셜뮤직캠프에 참가한 이후, 2016년을 빼놓고는 해마다 여름이면 평창을 찾아 스페셜 뮤직&아트페스티벌에 참여했다.

스페셜뮤직캠프 폐막식에서 쌍둥이가 이중주를 하였고, 이를 계기로 2013년에는 MBC에서 방영한 〈스페셜 위대한 탄생〉에 출연해서 재능상을 받았다. 방송에 나간 후 크고 작은 무대에 초청받아 연주 활동을 하게 되었다.

그런데 쌍둥이 최고의 무대는 2019년 아랍에미리트에서 개최한 아부다비스페셜올림픽 전야제로 마련된 아부다비페스티벌에서 세계적인 소프라노 조수미 님과 공연을 한 것이다.

음악을 하지 않았으면 그런 무대에 설 수 없었을 것이다.

그 무대의 가치를 쌍둥이도 너무나 잘 알기에 그 어느 때보다 진지하게 연주를 하였다.

그 무대로 쌍둥이는 할머니한테 연주자로 인정을 받기도 했다. 아이들이 음악을 하는 것을 탐탁치 않게 생각하셨었는데 세계적인 소프라노와 함께 공연하는 것을 보신 후 마음의 문을 여셨다.

그 즈음 발달장애 음악캠프에 참여했다가 가수 이상우 씨를 봤다. 그 집 아들도 캠프에 참여하였다. 이상우 씨가 엄마에게 다가와서 물었다.

<아부다비페스티벌>에서 소프라노 조수미 님과 함께

"애들 악보를 어떻게 가르치셨어요?"

"모르겠어요. 그냥 알더라구요."

"에이, 되는 애들이네!"

우리 아이들에게 악보를 볼 줄 아느냐 모르느냐는 매우 중요하다. 외워서 할 수 있는 것은 한계가 있기 때문이다. 곡이 점점 어려워지기도 하고, 연주해야 할 곡도 많아지기 때문에 암기에 의지할 수만은 없다. 오케스트라는 악보를 넓게 봐야 하기에 발달장애 오케스트라는 정말 정말 힘든 작업이다.

규니의 진로 결정

...

엄마는 아이들이 관심 있어 하는 컴퓨터 관련 자격증 시험을 보도록 하여 2018년 당시 각각 8개의 자격증을 갖고 있었다(현재의 자격증은 둘이 합하여 35개). 사람들은 발달장애인이 자격증을 따서 어디에 쓰겠느냐고 하지만 엄마는 우리 아이들도 준비를 하면 기회가 온다고 생각하고 있다.

쌍둥이는 고등학교까지는 같은 학교에 다녔지만 대학 진학은 생각처럼 되지 않았다. 그리고 엄마는 발달장애인이 음악으로 먹고사는 문제를 해결할 수 없기에 '꼭 대학 공부를 해야 하나?' 하는 생각도 들었다. 하지만 아빠는 아이들이 자신감을 가질 수 있도록 진학을 권했다. 선균이는 사람들 속에서 일을 할 수 있는 상태가 아니니까 학교생활을 좀 더 연장해 보자는 개념으로 대학 진학을 계획했다.

그래서 선균이는 백석예술대학에 입학을 하고 제균이는 직장이란 새로운 경험을 하도록 해 주었다. 복지 일자리로 육아 지원센터에서 근무를 하게 되었는데 아주 적응을 잘 하였다. 발달장애인의 사무직 도전이라서 의미가 있었다. 사무직 근무가 가능했던 것은 바로 컴퓨터 관련 자격증 때문이었다.

근무 시간이 길지 않아서 근무 시간을 마치면 하트하트오케스트라에 가서 음악 연습을 하면 될 것이라고 생각했지만 현실적으로 일과 음악 두 가지를 다 하기란 불가능하였다. 하트하트오케스트라에서 아무리 이해를 해 준다고 해도 연습 시간을 제대로 못 맞추고, 공연이 잡히면 직장에 근무 날짜를 빼 달라고 부탁을 해야 해서 엄마는 계속 죄송하다는 말을 달고 살아야 했다. 그런데 무엇보다도 제균이가 힘들어했다. 직장은 정규직이 아니어서 직장 생활을 계속하기가 힘든 상황이라 엄마는 또다시 중대한 결정을 해야 했다.

"제균아, 그냥 음악하자."

제균이도 내심 좋아하는 눈치였다. 선균이를 대학에 보내면서 학교 수업을 따라갈 수 있을지 걱정을 했지만 선균이는 학교생활에 잘 적응하였다. 선균이를 먼저 대학에 보낸 것이 선균이에게 있던 동생에 대한 경쟁심리를 버리고 자신감을 회복하게 만들었다. 우리 아이들에게도 대학교육이 필요하다는 생각이 들어서 제균이를 재수시켰다. 그래서 제균이도 1년 후 한세대학교 음악학과에 입학하였다.

선균이는 2년제 대학에 보냈지만 제균이는 4년제 대학에 보낸 것은 체계적으로 공부를 하는 것이 더 도움이 될 것 같아서였다. 그런데 선균이도 은근히 제균이처럼 4년제 대학에 가고 싶어해서 편입을 해 보려고 했지만 입학보다 더 경쟁률이 높은 것이 편입이었다. 그래서 편입시험을 포기하려고 했다.

"엄마, 나는 왜 편입하면 안 되는 거예요."

선균이는 자기 의견을 좀처럼 표현하지 않았었는데 편입을 하고 싶다고 말하는 것을 보고 엄마는 선균이가 얼마나 간절히 원하는지 알 수 있었다.

"안 되는 게 아니고, 악기 구성이 안 맞아서 그래. 음악대학 편입 TO에 플루트가 없어. 플루트 하던 학생이 빠져야 플루트 전공 학생을 선발하는 거야."

선균이는 백석예술대학을 졸업하고 본인의 끊임없는 노력으로 한세대학교 일반전형으로 3학년 편입에 성공하였다.

두 아이 등록금이 부담이 됐지만 학교에서 장애 학생에게 장학금으로 학기마다 100만 원씩 주기 때문에 큰 도움이 되었다. 제균이는 성적장학금을 받을 때도 있었다.

그리고 하트하트오케스트라에서 활동하며 벌어 오는 연주비가 많지는 않지만 그래도 수입이 있어서 아이들이 자기네 학비는 벌었다. 주위에서 대학에 보내는 것이 엄마 허영이라면서 쓸데없는 투자라고 생각하는 사람도 있었지만 그럴 때마다 '우리 아이들 학비는 본인들이 벌어!'라고 자랑을 한다.

한번은 애들 외삼촌이 이렇게 말한 적이 있다.
"제균아, 너 돈 많이 번다면서. 삼촌 맛있는 거 좀 사 줘."
"삼촌 나는 돈을 본 적이 없어요."

돈을 본 적이 없다는 말에 엄마는 깜짝 놀랐다. 쌍둥이도 돈에 관심이 많았던 것이다.

"애들아, 앞으로는 사람들이 물어보면 '제가 제 학비 벌어서 학교 다녀요.' 이렇게 이야기를 해."
"아, 그러면 되는군요."

장애가 있는 아이들은 마음 놓고 대학 보내기도 힘든 것이 우리 사회 인식이다.

직업 연주자가 된 규니

...

현재 쌍둥이는 취업을 했다. 하트하트오케스트라에서 장애예술인 일자리 마련 사업을 하고 있기 때문이다. 그래서 선균이는 에스오일, 제균이는 세종병원 직원이다. 문제는 1년 계약이라서 계약을 못하게 되면 실직이 된다는 것이다. 1년 연장하여 2년 동안은 계약이 유지되지만 실직의 위험을 늘 갖고 있다. 여러 기업에서 장애예술인들을 고용하면 그만큼 기회는 많아지겠지만 현재로서는 에스오일과 세종병원, 삼구아이앤씨를 돌아가면서 계약을 하고 있어 세 곳의 계약이 끝나면 더 이상 갈 곳이 없는 것이다. 그래서 쌍둥이는 정규직이나 무기계약직이기를 원하고 있다.

하트하트오케스트라 단원은 취업이 된 상태로 100만 원 남짓한 월급을 받고 4대 보험 혜택도 받고 있지만 엄마들은 걱정이 많다. 애들이 자꾸 나이를 먹고 있는데 나이가 많으면 음악 활동을 계속하기 어려워지기 때문이다. 지금 하트하트오케스트라에 36세 된 단원도 있기는 하지만 쌍둥이들도 벌써 27세이다.

그리고 엄마들이 몇 살까지 아이들을 따라다닐 수 있을지 걱정이다. 엄마들은 늙어 가고 있다. 과연 엄마들이 따라다니지 않고 애들이 활동을 계속할 수 있을지 걱정이 쌓여 간다. 정규직으로 자기 수입이 있고 활동지원사 같은 예술보조인 지원을 받게 된다면 엄마들은 안심이 될 것이다.

안정적인 직장 생활을 원하는 것은 생활비를 벌기 위해서가 아니라 발달장애인이 음악 활동을 하려면 계속 레슨을 받아야 하기 때문이다. 지금도 레슨을 받을 때와 안 받을 때가 다르다. 엄마들이 레슨비에 무대 의상비 그리고 교통비 등 언제까지 이렇게 쏟아부을 것이냐도 딜레마이다.

쌍둥이는 연습을 할 때는 밥을 먹지 않는다. 배가 부르면 원하는 호흡이 나오지 않기 때문이다. 연습을 마치고 집에 와서 저녁을 먹으면 밤 10시이다. 배가 고프니까 허겁지겁 밥을 먹고… 식사 시간이 불규칙한 것이 문제이다.

예전에는 아이들 건강에 나쁜 음식은 안 먹였는데 어느 순간부터 엄마도 힘이 들면 라면을 끓여 준다.

"엄마, 라면을 안 먹으면 안 돼요?"

"왜? 너희들 라면 좋아하잖아."

"속이 불편해요."

이제는 아이들 스스로 연주에 지장을 주는 음식은 먹지 않을 정도로 스스로를 챙기고 있어서 마음이 놓인다.

연주할 때와는 달리 무대 등퇴장 또는 인터뷰를 할 때 유아적인 모습을 보이지만 우리 아이들도 무대 위에서 긴장을 한다. 한번은 제균이가 무대에서 내려오더니 '너무 떨려서 개다리춤을 출 뻔했네!' 라고 말했다. 무대 위에서 실수 없이 잘 하려고 하는 마음으로 긴장을 하는 것이다. 아이들은 부모의 걱정과는 달리 전문 연주자로 성장하고 있다.

오케스트라에서 스케줄이 겹치지 않으면 개인 공연을 허용해 준다. 처음에는 외부 연주 활동을 엄마들이 서로 견제하는 분위기였는데 요즘은 조금 풀렸다. 그래서 선균이와 제균이가 함께 연주를 할 때도 많지만 각각 연주 스케줄이 잡히기도 한다. 최근 들어 장애인 인식개선을 위한 강의와 연주가 많아지고 있다.

올 1월 19일 삼성그룹 연수원에서 장애인 인식개선 교육으로 스토리 콘서트가 있었다. 연사가 3명이었다. 한 사람이 길게 강의를 하는 것이 아니고 짧게 3명이 나누어서 한다. 강사로 나선 제균이는 강의 준비를 철저히 한다. 강의 제목은 '저의 도전은 현재진행형입니다'이다. 어떻게 음악을 하게 되었는지, 연주 준비는 어떻게 하는지, 앞으로의 꿈은 무엇인지를 아주 솔직하게 말한다. 제균이는 강의를 즐기는 듯하다.

"처음에는 되게 어설프게 했어요. 그런데 두 번, 세 번 하면서 애들이 자신감이 생기는 거예요. 그래서 제가 다른 아이들 엄마들에게 '무조건 시켜 봐라, 안 시켜 보고 못한다고 하지 말고!'라고 말해 줬어요. 삼성 강의는 정말 대단했어요. 청중이 신임 부사장으로 임명된 분들이었어요. 그룹이 크니까 임원들이 100명이나 되었어요. 그분들은 너무 열심히 들으시더라구요. 아이들 강의가 뭐라고 그렇게 진지하게 귀를 기울여 주실까 싶어 너무 고맙기도 하고 미안하기도 했어요. 그런데 아이들도 자기들에게 진심으로 집중을 하니까 더 열심히 최선을 다하는 거예요. 우리 애들도 분위기 파악 잘 해요."

강의를 마치고 하트 트럼펫·플루트 듀오로 선균·제균이가 연주를 했다. 선균이에게 연주를 마친 소감을 묻자 이렇게 대답했다.

"부사장님들 앞이라서 너무 떨렸어요."

하트앙상블 연주가 끝나자 박수가 터져 나왔다.

공연의 질은 관객이 만든다는 말이 실감났다. 모든 일정이 끝났을 때 어떤 한 분이 일어서서 말씀하셨다.

"우리 단원들도 고생을 했지만 더 수고하신 어머니들이 뒤에 계십니다. 어머니들도 앞으로 나오세요."

자기 아이 순서가 되면 재빠르게 달려가서 살펴 주는 중년의 여성들이 뒤에 서 있으니까 저분들이 엄마구나 싶었던 것이다.

"오늘만큼은 엄마들이 앞에 나오셔도 되지 않겠습니까?"

그래도 엄마들이 앞으로 나오지 않자 제균이가 "엄마 앞으로 나오라잖아!"라고 했다. 씩씩한 제균이 덕분에 평소처럼 아들들의 뒤가 아닌 아들들 앞에 서게 되었다. 우리나라 사회지도층인 분들이 모두 자리에서 일어나 기립박수로 응원해 주었다.

엄마가 사회자 옆에 서게 되어 인사말을 하게 되었다. 예전 같았으면 안 한다고 손사래를 쳤을 텐데 엄마가 항상 쌍둥이에게 '너도 해봐.' 이렇게 시키면서 막상 엄마는 시키는데 안 하면 쌍둥이한테 '엄마도 못하면서….'라는 핀잔을 들을 것 같아서 마이크를 잡았다.

"발달장애인들에게 지속적인 관심을 가져 주셨으면 좋겠습니다."

어느 날 반짝 일어났다 사라지는 관심이 아니라 꾸준한 관심이 있어야 우리 사회에서 발달장애아들을 쳐다보기 때문이다.

아직도 병원 순례 중

...

비염 있는 남자 셋(아빠도 포함)을 데리고 한의원에 갔다.

의사 선생님 문진에 얌전히 있는 아들들, 불편하다고 하면 침 맞을까 봐 침묵 중인 것을 엄마는 안다.

진맥을 하시더니 초콜릿·치킨을 먹지 말라는 말씀에 두 아들의 말문이 갑자기 터졌다.

안 먹는 기간과 먹으면 안 되는 이유, 운동을 못하는 건 아랫집이 올라오기 때문이라는 등 두 명이 동시에 다다다 쏟아냈다.

"자, 다 나가 계시고 어머님만 남으세요."

"어머니, 아이들이 다른 질환이 있나요?"

"질환? 질환은 아닌데… 둘 다 자폐성장애에요."

"아, 네에."

어릴 적 아이들을 데리고 자폐를 치료해 준다는 한의원을 다니며 3개월간 아들들 전신을 고슴도치로 만든 사건 이후 우리 가족 모두 한의원에 대한 거부감이 있는 사연을 말씀드렸다.

"어머니, 그럼 하나씩 천천히 하는 것이 좋겠습니다."

뾰족한 걸 워낙 무서워하는 제균이, 어려서도 아무리 아파도 주사를 온몸으로 거부해서 체력으로 버티어 낸 아이이다. 그랬던 아들이 피검사도 할 수 있게 되고, 백신도 3차까지 문제없이 접종하였다.

자신감이 생긴 엄마는 재택근무가 길어지고 있는 이때(코로나19로 인한 비대면 기간)를 이용해서 어려서부터 달고 사는 비염 치료를 위해 면역 주사를 일주일마다 한 번씩 6회 맞히고, 다시 발바닥 치료를 시작했다. 티눈인 줄 알았는데 바이러스성 사마귀여서 번질 수 있다는 말에 미룰 수가 없었다. 도려내는 수술보다 주사 치료를 해보기로 했다.

진료대기 중 앞에 들어간 환자가 이를 악물고 고통을 참아 내는 소리가 새어 나왔다. 제균인 그 소리에 기겁하고, 엄마도 초긴장… 결국 한쪽 발만 하고 나왔다.

2주 뒤에 다시 오라는데 벌써부터 걱정이다. 주사가 아니라 송곳으로 마구 찌르는 것 같단다.

6개월에 한 번씩 안과, 치과, 이비인후과 검진을 주기적으로 받고 있다. 벌써 20년 가까이 되풀이되고 있는데 이번엔 사랑니 발치가 목표이다.

매복된 치아도 발치하겠다는 엄마를 의사 선생님이 말려주신 덕분에 제균이는 살았다.

사랑니에 충치가 생긴 선균이는 발치 결정, 이젠 제법 주사를 잘 맞는 선균이인지라 긴장을 풀었더니 마취 주사 한 대는 참을 수 있으나 그 이상은 허용할 수 없다는 강경함에 의사 선생님이 그 옛날 들었던 말을 하신다.

"어머니, 이러면 치료 못합니다."

내 머릿속 모범적인 엄마는 '선균이가 많이 무섭구나? 선생님, 선균이가 마음의 준비를 할 수 있도록 조금만 기다려 주세요.'라고 해야 한다는 것을 알면서도 현실의 엄마는 으름장을 놓는다.

"그럼 주사 한 대만 맞고 생니 뽑을래?"

그 말에 선균이가 얌전히 입을 벌린다.

규니는 명강사

...

오티즘 토크쇼에 제균이가 먼저 나가고 선균이는 1년 후에 강사로 나섰는데 선균이가 '아는 만큼 보여요'라는 타이틀로 강의한 동영상이 조회수 1천 6백 건이 넘었다. 선균이 강의 내용을 정리하면 다음과 같다.

선균이는 세 살 때 한글을 가르쳐 주지도 않았는데 책을 읽고, 낙서가 한문인 것을 보고 엄마, 아빠는 영재라고 오해를 했지만 사회성이 부족해서 말을 하지 않지 학교에서는 말을 못하는 아이로 알고 있었다. 어느 날 우연히 거리에서 선균이가 엄마와 얘기하는 것을 들은 반 친구가 토끼 눈을 하고 외쳤다.

"선균이가 말을 하네요?"

"선균이가 학교에서 말을 하지 않나 보구나. 집에서는 아주 잘하는데. 선균이가 말을 할 수 있도록 조금만 기다려 줄래?"

학교를 마치고 매일 치료실에 가는 것이 힘들기도 하고 이상하기

<오티즘엑스포> 연주

도 하여 선균이가 물었다.

"엄마, 저는 왜 치료를 받아야 해요?"

"말을 더 잘하게 하려고, 그리고 감각이 예민해서 불편하니까 예민하지 않게 하려고."

엄마는 장애 때문에 치료를 하는 것이라고 하지 않았다. 초등학교 4학년 때 복지관에서 체험학습을 갔는데 선생님께서 엄마에게 갖다 드리라고 카드를 주셨다. 그 카드는 복지카드로 임선균/자폐성장애 2급이라고 적혀 있었다. 그 카드가 '넌 장애인이야.'라고 말해 주었다.

그 후 선균이는 치료도 공부도 하지 않았다. 이미 장애인인데 그런 걸 할 필요 없다는 생각이 들었다. 선균이는 자신도 장애인에 대한 편견을 갖고 있었다고 고백하였다.

반항심으로 힘든 시기를 보내고 있을 때 회장 선거가 있었다. 친구들이 회장 후보로 선균이를 추천했다. 그 추천에 선생님이 당황스러워하자 한 친구가 선생님께 물었다.

"선균이는 왜 회장하면 안 되나요? 선균이도 잘할 수 있어요."

드디어 선균이가 회장이 되었다.

선생님과 친구들에게 인정을 받자 선균이는 자신감이 생겼다.

그리고 복지관에서 파워포인트 교육을 받고 자격시험에 응시를 했는데 뜻밖에 바로 합격을 했다. 그래서 선균이는 다른 프로그램에도 도전하여 자격증을 하나씩 획득해 갔다. 자격증이 할 수 있음을 증명해 주는 확인증 같았다.

사람들은 본인들이 생각하는 발달장애의 기준에 맞춰서 할 수 없는 일을 미리 정해 놓고 못할 거라고 생각하지만 발달장애인들도 할 수 있는 일이 더 많다면서 여러분의 작은 응원이 큰 힘이 되니까 믿고 기다려 달라고 부탁하였다.

'나는 그냥 임제균입니다'

제균이의 강의 제목이다.

제균이는 초등학교 때의 독서골든벨 행사를 소개하였다. 독서골든벨은 친구와 한 조로 참여를 하게 되는데 아무도 제균이와 함께 하려고 하지 않았다. 그래서 엄마가 선생님에게 '반은 다르지만 선균이와 제균이가 한 조로 골든벨에 참여하면 어떨까요? 제균이가 너무너무 참여하고 싶어해서요.'라고 제안하여 결국 쌍둥이가 한 조를 이루어 참여하였다. 엄마는 걱정이 많았다. 중도에 탈락하면 제균이가 대성통곡을 할 것이고, 쌍둥이끼리 둘이서 서로 네 잘못이다 하면서 다툴까 봐 염려가 되었던 것이다.

아무도 예상하지 못했지만 골든벨을 울린 건 바로 쌍둥이조였다. 친구들이 몰랐을 뿐이다. 장애가 있다고 해서 글을 못 읽는 건 아니란 걸… 그리고 쌍둥이 모두 용돈으로 서점에서 책을 살 정도로 독서광이었다는 걸….

또 방과후 선착순으로 신청하는 컴퓨터교실에 들어가려고 학교에 일찍 가서 신청을 했다. 그렇듯 간절한 마음으로 첫 교육을 받게

초등학교 때 <독서골든벨>에서

되었는데 선생님께서 남들이 10개를 할 때 제균이는 1개밖에 못한다고 컴퓨터는 무리라고 판단하셨다.

제균이는 못한 것이 아니라 완벽하게 하지 않으면 다음으로 넘어가지 않기 때문에 느렸던 것 뿐인데 컴퓨터교실에서 쫓겨났다. 엄마는 학교에서 안 된다면 외부 기관에서 배우자고 하였다. 처음엔 오기로 시작한 컴퓨터가 이제는 남에게 보여 주기 위한 도전이 아닌 가능성에 대한 도전이 되었다.

그렇게 시작한 컴퓨터 공부로 이제는 관련 자격증이 18개나 되는 전문가가 되었다.

또 하나는 제균이가 가장 힘들어한 것은 짝궁과 호흡을 맞춰 율동을 하는 것이었다. 전교생이 참여하는 운동회에서 '갑돌이와 갑순이' 율동에 참여하기 위해 제균이는 선균이와 집에서 엄마가 녹화해 온 캠코더를 보면서 열심히 율동 연습을 하였다. 그 결과 운동회에서 짝꿍과 율동을 멋있게 해내어 담임 선생님과 주변 엄마들이 놀라워했던 에피소드를 소개하였다.

또 학창 시절에 선균이가 아이들에게 맞고 있으면 제균이가 가서 도와주려다가 둘이 같이 두들겨 맞는 고통도 겪었지만 자기들은 환상의 짝꿍이라고 자랑하였다. 제균이는 여러분의 편견적 시선이 아닌 기다림의 시선이 큰 나무로 성장하는 거름이 될 수 있다면서 기다려 달라고 부탁하였다.

규니에게는 무대가 필요하다

...

2018년 서울튜티앙상블 주최의 휴(休) 콘서트 시리즈로 '임선균·임제균의 음악선물'이 있었다. 선균이는 플루트로 플랑의 〈플루트 소나타〉와 보네의 〈카르멘 판타지〉를 연주하였고, 제균이는 트럼펫으로 로드리고의 〈아랑훼즈 협주곡〉과 텔레만의 〈트럼펫 소나타〉를 연주하였는데 수준 높은 연주 실력으로 박수 갈채를 받았다.

콘서트 마지막곡으로 아르방의 〈플루트와 트럼펫을 위한 베니스의 사육제〉를 연주하자 관객들은 기립박수를 치며 '브라보, 브라보!'를 연호하였다. 관객들은 무대 위의 연주자에게 장애가 있다는 것은 이미 잊었다. 그저 감성적 해석으로 연주한 음악에 매료되었던 것이다.

요즘은 연주자 섭외를 요청하면서 연주 동영상 자료를 보내 달라고 한다. 그 동영상을 보고 공연 콘셉트와 맞는지도 판단하고, 실력도 평가하는 것이다.

마침 포스코1%나눔재단에서 실시한 '만남이 예술이 되다'에 참여하며 동영상의 힘을 알 수 있었기에 엄마는 요즘 연주 동영상 제작에 관심이 많다.

플루트와 트럼펫은 서로 어울리지 않는 악기여서 이중주를 하려면 편곡을 해야 한다. 연주자는 다양한 레퍼토리를 갖고 있는 것이 재산이라서 〈그리그: 페르귄트 모음곡, 아니트라의 춤〉, 〈J.Levy-그랜드 러시안 판타시아〉 등 클래식뿐 아니라 〈아리랑 메들리〉 같은 우리나라 민요, 교회에서 부르는 성가, 그리고 많은 사람들이 좋아하는 SG워너비 멤버인 김진호의 〈가족사진〉 등 엄마가 붙여 준 규니 브라더스의 연주곡은 장르가 다양하고 레퍼토리도 많은 편이다.

무대 공연은 연주곡을 편곡해서 연습만 하면 되는데, 동영상은 MR을 준비하고, 스튜디오도 잡아야 하고 무엇보다 카메라 촬영 장비가 있어야 한다. 이 모든 준비를 개인이 하기에는 벅차지만 그래도 규니에게 무대를 만들어 주기 위해서는 반드시 필요한 작업이다.

〈넬라판타지아&태평가〉 동영상 제작을 할 때는 야외에서 촬영을 했는데 비가 왔다. 비가 와도 강행했다. 촬영을 미루면 비용이 또 발생하기 때문에 어쩔 수가 없다. 이렇게 고생스럽게 만든 연주 동영상을 유튜브에 올렸을 때 조회수가 올라가는 것을 보면 신기하면서 뿌듯하다.

<리틀빅히어로> 출연

어려운 곡을 완벽하게 연주해 내는 쌍둥이를 보고 행복한 엄마이고, 선균과 제균이가 좋아하는 음악이고 점점 실력이 향상되고 있지만 엄마는 늘 불안하다.

우리 아이들이 설 무대가 너무 제한적이기 때문이다.

발달장애 음악인들이 많아서 경쟁도 치열하다.

문득문득 이렇게 불안한 상태에서 아이들에게 음악 활동을 계속 시키는 것이 옳은 길인가 하는 갈등이 생긴다.

엄마, 아빠가 늙어서 이 세상을 떠났을 때 돌봐 줄 형제도 없는데 이 아이들이 어떻게 살아갈지….

쌍둥이 엄마의 소소한 일상

...

〈성장하는 아이들〉

쌍둥이를 데리고 SK나이츠 대 한국가스공사 농구경기를 관람했다. 엄마는 체험학습하듯 간 것인데 예상외로 승부욕 돋는 아들들, 3차 연장전까지 가니 엄마는 슬슬 불안하다. SK를 응원하고 있으니 만일 SK가 진다면 짜증을 낼지도 모르는데… SK를 응원하는 건지, 우리 아들들을 응원하는 건지. 역전에 역전으로 탄식과 함성을 번갈아 가며 두 손을 꽉 쥐었다가 박수를 쳤다가 손바닥에 불이 났다. 이렇게 재밌어할 줄은 몰랐네.

선균이 생애 첫 홍합을 먹은 날, 에쓰오일 본사 연주 후 점심 식사로 오삼불고기와 홍합 백짬뽕을 선택하였다. 그동안은 캠프 등에 참여할 때 음식 특이 사항으로 '해산물 못 먹어요!'라고 적었다.

알러지가 아닌 비린내 때문에 해산물을 거부했다. 해산물이 나오면 차라리 굶었던 선균이가 홍합 백짬뽕을 먹겠다고 했다. 홍합을

장애인식개선강사 활동

먹는 선균이를 보며… 변했나? 컸나?

해넘이 여행에 가서 이벤트에 약한 남편이 야심차게 준비한 이벤트는 '불꽃놀이'이다. 소리에 예민한 아들들에게 괜찮겠냐고 물었다.

"언제 적 이야기를 아직도 하시는 거예요. 이젠 괜찮아요."

제법 어른스럽게 말한다. 그런데 '뻥' 소리가 나자마자 선균이가 사라졌다.

선균이가 축구에 열정이 생겼다. 초등학생 때 남자아이들은 공 하나만 있으면 하루종일 놀 수 있다지만 체육 시간에 같이 놀아 보라고 일대일 개인 축구 수업을 해 주어도 1도 관심이 없던 아들이다. 남들 운동장에서 놀 때, 교실에서 혼자 책만 읽던 선균이가 어느 날 독일 국가를 흥얼거리더니 다시 일본 국가에 꽂히고 급기야 세계 각국의 국가에 관심을 보였다. 올림픽 개막식·폐막식을 검색해서 보고 또 보고… 플루트로 각 나라의 국가를 따라 불더니 어느 날부터 축구에 관심을 보인다. 축구 경기 전 시작되는 국가 연주에 더 관심이 있는 것 같았는데 이젠 축구를 즐긴다. 우리 가족 그 누구보다 응원하고 아쉬워한다.

선균이의 함성과 탄식 소리에 엄마와 아빠는 웃음이 새어 나온다.

양평 패러글라이딩 도전! 너무 재밌어하는 제균인 VIP 코스, 무섭다는 선균인 다이나믹 코스이다. 산 밑에서 보호자와 분리되기에 볼 수는 없었지만, 나중에 들어 보니 트럭을 타고 올라가다가 다시 체인 감은 차로 바꿔 타고 거의 정상에 다 가서는 눈 속에 바퀴가 묻혀 조금 걸어 올라갔단다. 엄마 덕분에 아들들이 극기 훈련을 했다.

마스터즈 시리즈로 하트하트오케스트라와 홍석원 지휘자님, 플루티스트 이예린 님, 바이올리니스트 김응수 님과 함께한 연주여서 신경을 많이 쓰게 되는데 제균이는 며칠 전부터 치통으로 치료 중이다. 연주를 마친 제균이에게 물었다.

"이 안 아파?"

"아퍼요."

연주 중에 통증이 와서 힘들었다고 했다.

"트럼펫 어떻게 불었어?"

"아파도 안 아픈 척하는 게 프로잖아요."

남편이 출근해서 일하다 머리를 다쳐 꿰맸다는 전화가 왔다.

엄마: 아빠가 머리를 다쳤데!

선균·제균:(동시에 눈을 동그랗게 뜨며) 그럼 우리 내일 시골 못 가요?

엄마: 세상에 아빠가 다쳤다는데 아빠 걱정보다 시골 못 가는 걱정부터하냐? 뭐 이런 아들들이 있어?

한세대 유영재 교수님과 함께

아이들이 가족톡방에 쓰기 시작했다.

선균: 머리는 괜찮으세요.

제균: 아빠, 머리 괜찮으세요.

아빠: 병원에 가서 치료하고 약도 먹었어. 걱정해 줘서 고마워 아들들.

〈걱정이 행복이 되는 엄마〉

하트하트오케스트라 2022년 연주는 지난 주로 종료되고 이번 주부터는 앙상블 연주만 있다. 오늘은 하트 브라스앙상블 연주. 매번 하는 연주도 '옥의 티'라도 생길까 봐 매의 눈으로 집중하다 집에 돌아오면 아고고 소리가 절로 난다.

"아니~~ 연주는 내가 하는데 왜 엄마가 힘들지."

"엄마가 늙어서 그런다… 늙어서."

제균이는 오늘도 말 한번 잘못했다가 수습하기 바쁘다.

포스코1%나눔재단의 '만남이 예술이 되다' 포스코 본사 스틸 갤러리 앞에서 7월에 이어 12월에도 연주한 규니브라더스의 공연, 연주곡 중 1곡인 헨넬 오라토리오 삼손 3박 〈빛나는 세라핌(천사)〉 피콜로 트럼펫으로 연주하는 제균과 소프라노 파트를 플루트로 담당한 선균이 연주를 깔끔히 마쳤다.

12월이니 따끈따끈한 캐럴 메들리를 야심차게 프로그램에 넣었는데 편곡이 3일 전에 나와 준비할 시간이 부족하여 가슴이 쫄깃쫄깃 했었다.

드디어 오늘 하트하트오케스트라 정기연주회, 끝날 때까지 끝난 게 아닌 건, 단원에 둘이나 있는 쌍둥이 엄마만의 무게감일 것이다. 2배의 기대감과 4배의 긴장감에 엄마는 가쁜 숨을 몰아쉰다.

요즘은 매일 아침 5시 30분에 기상하여 냥이들 화장실 청소해 주고 밥 주고, 간식 주고 나서 사람들 챙기기 시작한다. 그 모습을 바라보고 있던 제균이가 말한다.

> 제균: 엄마 가고 나면 내가 잘할 수 있을까?
> 엄마: 걱정하지 마라. 내 나이 계산해서 내가 키울 수 있는 냥이만 키울 거다.

간다는 말만 들은 아빠가 물었다.

> 아빠: 오늘 어디 가?
> 엄마 : 아니, 나 죽으면 냥이들 어쩌냐는 말이지.
> 아빠: (기가 막혀서)….
> 엄마: 나 죽으면 갈 때가 돼서 갔군! 요럴 거야. 매정한 놈!
> 제균: 가고 나면이란 말을 뺐어야 했어.

우리 아이들 어릴 적 치료실에 다니다 보면 엄마들이 이렇게 말했다.

'내 아이보다 하루만 더 살고 싶다.'

나는 이 말을 진심으로 받아들이지 못했다. 우리 아이들이 부모 없이도 잘살 수 있는 사회적 제도를 마련해 주어서 아이들이 당연히 우리보다 오래 행복하게 살게 해 줘야지!

그런데 세상은 여전히 부모의 희생만을 요구한다. 어느 날부터인가 가늘고 길게라도 내 아이들 옆에 있고 싶어졌다. 어느 누구도 믿을 수 없는 이 사회로부터 내 아이들을 지키기 위해서….

장애인 아들이 둘이여서 내 인생에 이렇게 열심히 살았던 적이 있었나 싶을 만큼 최선을 다했다. 제발 3시간만 안 깨고 자 봤으면 했었고, 아이들 공부를 가르칠 땐 이러다 내가 서울대를 갈 수도 있겠구나 싶었다.

세상 사람들 말에 상처를 받으면 '몰라서 그렇겠지.'라며 아픈 마음을 꿀꺽 삼켰다.

그런데 같은 장애 자녀를 키우는 부모가 연주 실력 운운하며 쌍둥이라는 이유로 연주한다는 뒷담화를 하신다면….

할 말이 없다! 한 명 키우는 힘을 둘에게 분산할 수밖에 없었던 것이 지금도 선균·제균에게 미안한 엄마인데… 부족한 것이 많아서 아이들 뒷바라지를 제대로 못해 준 것이 미안한 부모인데….

아이들이 첫 월급을 타고 엄마 아빠한테 선물을 해 주기로 하였

아빠와 쌍둥이

가족사진

다. 1971년생인 엄마와 1965년생인 아빠이기에 주위에서 자녀로부터 첫 월급 선물을 받은 사례가 무궁무진하다. 그래서 엄마도 첫 월급 선물에 대한 기대가 크다. 홈쇼핑에서 가방을 판매 중이다. 제균이를 급하게 불러서

"나 빨간 내복 대신 저거 사 줘."
"얼마에요?"
"150만 원, 근데 세일해서 120."
"무슨 가방이 그렇게 비싸요?"
"예쁘잖아."
"가방은 물건만 담으면 되는 거예요. 너무 비싸."
"선균아, 선균아."

이미 제균이와 나의 대화를 듣고 있었던 선균이가 자는 척한다. 절대 내 쪽으로 고개를 돌리지 않는다. 치사한 것들! 고양이 수술비는 고액을 기꺼이 부담해 주는 아들들이었는데….

선균이가 에쓰오일 하트하트연주단에 취업하여 에쓰오일 사원증을 받았다. 에쓰오일에서 사무실에 개인 책상도 마련해 주었다.
드디어 우리의 꿈인 직업 연주자에 한 발을 내딛었다.
아들 덕분에 커피도 직원가로 마시니 아메리카노가 달다.

〈쌍둥이는 도전 왕〉

드디어 컴퓨터그래픽스운용기능사에 선균이도 합격!

제균이가 먼저 합격하여 마음껏 기뻐하지 못했었는데 이제 두 아들이 모두 합격하였으니 공개적으로 기뻐해야지.

KBS1 TV 〈시사직격〉의 '우영우신드롬, 끝나지 않은 자폐인 이야기'에서 자폐성장애인 선균이와 제균이 컴퓨터 관련 자격증이 둘이 합쳐서 35개라고 소개되었다.

오늘 선균이가 컴퓨터그래픽스운용기능사 실기시험을 보았다.

첫 번째 시험은 4시간 안에 완성해야 하는데 시간 초과로 실격.

두 번째 시험은 시간 안에 완성했으나 용량 초과로 실격.

세 번째 시험은 일단 3시간 만에 완성하고 용량 초과도 안 했단다.

살짝 희망을 가져 볼까 싶다. 시험 3번 보고 나니 일 년이 다 갔다. 1년에 4번밖에 없는 시험인데… 한 번의 기회는 더 있다.

네 번째 도전 끝에 선균이 드디어 합격했다.

차 안에서 아빠의 빵빵한 데이터로 컴퓨터그래픽스운용기능사 실기 접수 5분 전 대기상태이다.

> 엄마: 지금부터 나한테 말 시키지마. 내가 이 접수만 하려면 명이 단축되는 것 같아.
>
> 아빠: 선균아, 빨리 합격해 주라~ 엄마 정신건강에 해롭다.

엄마: 아빠 회사에서 급한 일로 전화 와도 접수완료 전까지는 안 받을 거야.

제균: 아이고, 정년퇴직도 얼마 안 남았는데 선균이 덕분에 빠른 퇴직을 하겠군.

아이들 둘 다 민간에서 주관하는 일러스트 자격증이 있다. 국가자격증이 생긴 후에 제균이는 다시 땄고, 선균이는 도전 중이다. 연습 중인 제균이한테 복사해서 붙여 넣기 했냐고 했더니 '아놔~~ 내가 그렸다구요.'라고 억울해하더니 셀프 칭찬을 한다.

"오해할 만하게 그렸네."

학교생활과 연주로 쉴틈 없이 보내다가 코로나로 멈춘 시간 쌍둥이는 ICT 교육으로 의미 있게 보낸 덕에 코딩이 어쩌고 알고리즘이 어쩌고… 엄마가 모르는 대화로 시간 가는 줄 모른다. 제균이는 발달장애인을 대상으로 SW교육강사로 나가기도 했다.

어려서부터 생각지도 못한 표현으로 깜짝깜짝 놀래키는 제균이다. 창가에서 방안을 들여다보다가 지나가는 냥이를 보며 말한다.

"보름달처럼 떠오르더니 달이 지듯 사라시네."

아침에 출근 준비하는 선균이 이어폰 케이스가 안 닫혀서 선균, 엄마, 아빠가 모두 해결을 못하고 끙끙거리는데 제균이가 순식간에

한일스포츠전 개최_일본 공연

닫았다.

"와~이건 생각 못해 봤는데…."

"A나 B가 안 될 땐 C를 생각해 봐야지요."

엄마는 제균이의 뛰어난 어휘력이 천재여서가 아니라 독서의 힘이라고 본다.

취미 활동으로 제균이는 볼링을 하고, 선균이는 방송댄스를 한다. 선균이는 노래 부르고 춤추는 것을 좋아한다. 사람들 앞에 나서는 것을 좋아하지 않는 성격이라서 싫어할 줄 알았더니 방송댄스를 즐긴다. 앞으로 또 무엇을 할지 알 수 없는 아이들이다.

〈기억하며…〉

다가올지도 모르는 이별에 대하여 늘상 생각해 두고 있으나 여전히 답을 모르겠다.

첫째 냥이가 18세로 우리의 곁을 떠났을 때 마지막까지 치료에 매달렸었다. 막상 보내고 나니 '너무 힘들게 했나!' 후회가 되어 다음에는 자연스럽게 편안하게 보내 주자 마음먹었었다.

작년에 18세였던 둘째 냥이 사랑이를 오늘 밤이 고비라는 말에도 불구하고 다시 치료에 매달렸다. 작년에 했던 나의 결심은 기억나지도 않는 듯 치료에 최선을 다했다. 다행히 사랑이는 죽음의 고비를 잘 넘겼다. 그때부터 내 눈에, 우리의 추억 속에 사랑이를 더 많이 담으려고 했다. 요즘 그런 사랑이가 다시 아프다.

12월 21일 눈 오는 날, 사랑이는 우리 가족의 곁을 떠나갔다. 먼저 간 공주와 만났으려나… 남편이 많이 서운해한다. 이제 퇴근하면 쪼르르 달려와 줄 사랑이가 없다고… 더 많이 사랑하고, 더 많이 예뻐해 줄 걸.

대한민국 해군 군악대 정기연주회에 관객으로 구경을 갔다. 다른 일정도 미루고 손꼽아 기다린 연주회이다. 해군 국악대 지휘자가 바로 제균이에게 처음 트럼펫을 가르쳐 준 이덕진 선생님이다. 가장 힘든 시기를 같이해 주신 분이라 잊을 수가 없다. 이렇게 성실한 청년이 있을 수 있을까 싶을 만큼 반듯하고 멋진 분이다.

"선생님이 잘 알려 주셔서 제가 지금 이렇게 자랄 수 있게 되었어요."

오랜만에 선생님과 만난 제균이가 시키지도 않은 말을 해서 선생님과 엄마를 감동시켰다. 우리 선생님, 앞으로도 승승장구하시길!

장애인인식개선교육강사로 학교에 갔다. 5년 전 처음 교실에 발을 내딛는 아들을 볼 땐 너무 불안했었다. 물가에 아이를 내어놓은 것처럼….

유·초·중학생들의 질문이 어떻게 나올지, 아들들이 어떻게 대처할런지 돌발상황에 대한 부담감이 컸었는데 시간이 지나면서 점점 즐기더니 이젠 교실에 들어서면 목소리에서 '아주 밝음, 기분 좋음, 신남'이 밖으로 새어 나온다.

어제 복도에서 잠깐 특수반 선생님이 통합에서 겪는 어려움을 말씀하셨다. 그분 말 속에 아이들에 대한 사랑이 느껴져서 감사했다. 그래서 전문지식이 아닌 경험담으로 말씀드렸다.

"아이들은 조금씩 계속 자라나요. 지금 안 보이는 미래라도 이것밖에 안 될 것이라는 틀을 만들지 않았으면 좋겠어요. 그리고 못하는 것 계속 시키기보다 잘하는 것, 좋아하는 것 하고 살았으면 좋겠어요. 그리고 많이 경험해 보았으면 해요. 처음부터 잘하는 아이는 없어요. 경험하고 실수해 가며 자라는 거라고 생각해요."

집에 와서 생각해 보니 번데기 앞에서 주름잡았다는 민망함에 반성한다.

임선균

남, 자폐성장애, 플루트 연주자
한세대학교 음악학과 졸업
하트하트오케스트라 플루트 단원, 하트 플루트 앙상블 단원, 에스오일 하트연주단 단원, 장애인인식개선강사

2022 서울특별시 복지상
2021 스페셜K 입상(규니브라더스)
2016 전국학생장학음악콩쿠르 대학부 입상
2016 예음 클래식음악콩쿠르 대학부 입상
2016 스페셜올림픽 우수 아티스트상(규니브라더스)
2013 MBC스페셜 위대한 탄생 재능상(규니브라더스)
2012 뽀꼬아 뽀꼬 우수상
2011 전국학생음악경연대회 금상

2022~2019 장애인인식개선강사 활동
2022 포스코1%나눔재단 "만남이 예술이 되다" 듀오(임선균·임제균) 연주
2022 신나는 예술여행 "모두 다 꽃이야" 듀오 연주(전국 12회)
2021 포스코1%나눔재단 "예술이 만남이 되다 2" 예술인 선정
2021 카르페디엠 "새해 복 많이 받으세요" 임선균·임제균 편
2021 이웃사랑나눔콘서트 KBS교향악단 협연
2021 서초교향악단 협연
2021 국제뮤직스페셜뮤직&아트페스티벌 솔로 연주
2021 겉돌지만 박식한 이야기 유튜버 활동
2021 KBS편스토랑 오윤아 편 듀오 출연
2020~2014 서울 튜티앙상블 휴 콘서트 시리즈 다수 출연
2020 대한민국장애인 문화예술대상 시상식 축하 연주
2019 아부다비페스티벌 성악가 조수미 님과 듀오 협연
2018 임선균·임제균 음악 콘서트 2018 위드 콘서트(신한 아트홀)
2016 한국장학재단주최 독일 현지 연주
2013 대한민국 사회공헌 대상 축하 연주

임제균

남, 자폐성장애, 트럼펫 연주자
한국예술종합학교 영재교육원 수료
한세대학교 음악학과 졸업
하트하트오케스트라 트럼펫 단원, 하트 브라스앙상블 단원,
세종병원 하트연주단 단원, 장애인인식개선강사

2022 한국학생음악교육 트럼펫 부문 최우수상
2022 서울특별시 복지상
2021 스폐셜K 입상(규니브라더스)
2018 툴뮤직 음악콩쿠르 대학부 2위
2018 예음 음악콩쿠르 트럼펫 부문 입상
2016 스페셜올림픽 우수 아티스트상(규니브라더스)
2013 MBC스페셜 위대한 탄생 재능상(규니브라더스)
2012 서울오케스트라 중등부 금관 3위

2022~2019 장애인식개선강사 활동
2022 포스코1%나눔재단 "만남이 예술이 되다" 듀오(임선균·임제균) 연주
2022 신나는 예술여행 "모두 다 꽃이야" 듀오 연주(전국 12회)
2022 CGNTV 하늘빛향기 듀오(임선균·임제균) 연주
2021 포스코1%나눔재단 "예술이 만남이 되다 2" 예술인 선정
2021 카르페디엠 "새해 복 많이 받으세요" 임선균·임제균 편
2021 이웃사랑나눔콘서트 KBS교향악단 연주/서초교향악단 협연
2021 동작복지나눔축제 축하공연/국제뮤직스페셜뮤직&아트페스티벌 솔로 연주
2021 겉돌지만 박식한 이야기 유투버 활동/KBS 편스토랑 오윤아 편 듀오 출연
2020~2014 서울 튜티앙상블 휴 콘서트 시리즈 다수 출연
2020 대한민국장애인문화예술대상 시상식 축하 연주/2019 헌혈 톡톡 콘서트 듀오(임선균·임제균) 연주/제1회 오티즘엑스포 듀오 연주/2019 아부다비페스티벌 솔로 및 듀오(임선균·임제균) 연주/신한 음악상 수상자와 함께하는 위드 콘서트/2018 임선균·임제균 음악 콘서트/위드 콘서트/2017 스페셜올림픽 대한민국선수단 출정식 연주 외 다수
2016 한국장학재단주최 독일 현지 연주/2015 세계장애인의날 UN 본부 초청연주/2014 튜티챔버오케스트라 협연/2013 대한민국 사회공헌대상 축하 연주